MARTIN BECK SERIES 03

MANNEN PÅ BALKONGEN

MAJ SJÖWALL & PER WAHLÖÖ

ECUS
Publishing House

馬丁・貝克｜刑事檔案 03

陽台上的男子

麥伊・荷瓦兒╳培爾・法勒 著
許瓊瑩 譯

木馬文化

目次

編者的話 005
導讀・馬丁・貝克與連續殺童魔 013
斯德哥爾摩區域圖 018
陽台上的男子 021

編者的話

故事，從一個名字開始

一九六五年，瑞典斯德哥爾摩的各書店內出現一本小說新書。書封上可見一名黑髮女子的影像。她雙眼緊閉，嘴唇微張，封面上大大寫著書名「Roseanna」一字。羅絲安娜，這是她的名字，她是一具河中女屍，剛被人從瑞典的運河汙泥中鏟起，而這部作品即將開啟犯罪推理小說的嶄新世紀。

當時，有不少過去習慣閱讀古典推理小說的年長推理迷在購書後回家一讀，大驚失色，紛紛回到書店抱怨，要求退書，理由是「這情節描述太寫實了」，讓他們飽受驚嚇。畢竟，在這之前，沒有哪部古典推理作品會以如此鉅細靡遺的冷靜文字，描述一具女性裸屍的身體特徵。然而，在此同時，這部作品俐落明快，描寫細膩，時而懸疑緊張、時而又可見詼諧的現代風格，卻在年輕世代的讀者之間廣受歡迎，大為暢銷。

這部以《羅絲安娜》為首，以社會寫實風格描述瑞典斯德哥爾摩的警探馬丁．貝克及其組員辦案過程的系列小說，便是在隨後十年連同另外九本後續之作，席捲北歐各國，熱潮繼之延燒至歐陸，進而前進英美等英語系國家的「馬丁．貝克刑事檔案」。

令人稱奇的事，如此成功的「馬丁．貝克刑事檔案」系列並非出自單一作者之手，而是一對傳奇創作搭檔的共同心血。

愛人同志，傳奇的創作組合

故事要從一九六二年說起。瑞典的新聞記者培爾．法勒，在這一年因緣際會認識了同樣從事新聞撰稿工作的麥伊．荷瓦兒，兩人進而相戀。荷瓦兒出身中產階級家庭，但性格非常獨立且獨特，年輕時常與藝術工作者往來，曾有過幾段短暫的婚姻關係，她在二十七歲認識法勒時，已育有一個女兒。曾在西班牙內戰時期遭法朗哥政權驅逐出境，因而返回瑞典的法勒較荷瓦兒年長九歲，已婚，同樣也有一個女兒，而且他在兩人相識時，已是頗富聲望的政治新聞記者。

兩人最初是在斯德哥爾摩一處新聞記者常聚集的地方因工作而結識，當兩人開始彼此產生感情，便刻意避開其他同業，改到其他地方相會。法勒當時在新聞工作外亦受託創作，每晚都會在兩人飲酒相聚的酒吧附近的旅館內寫作。相處一年後，法勒離開妻子，轉而與荷瓦兒同居。之後陸續有了兩個孩子，但兩人始終沒有進入婚姻關係。

荷瓦兒與法勒在共同創作初期，便打算寫出十本犯罪故事，而且，也只寫十本。這十部作品每本皆為三十章，都是由兩人各寫一章、以接龍方式合力創作而成；只不過，讀者很難從文字判斷各章分別出自誰的手筆。因為法勒與荷瓦兒在創作之初，就刻意不設定偏向哪一方的筆法，而是討論出最適合讀者及作品的行文風格，傾向能雅俗共賞——馬丁·貝克的形象於焉誕生。

疲憊警察，馬丁·貝克形象的誕生

有別於過往古典推理作品中，那些邏輯推演能力一流，幾乎全知全能的「神探」與「英雄」形象，荷瓦兒與法勒筆下這個警察辦案系列小說雖是以馬丁·貝克為名，但當中並沒有突顯誰是主角或英雄。這是一組平凡的警察小組成員，憑藉實地追查線索，有時甚至是靠著機運，才能偵破案件的故事。

這些警察一如所有上班族，各自有其獨特個性和煩惱——寡言、疲憊、婚姻失和、嗜好是組模型船，又有胃潰瘍問題的馬丁·貝克；身形高胖卻身手矯健，為人詼諧，擅長分析，有時又顯魯莽的柯柏（Lennart Kollberg）；愛抽菸斗、準時下班、每天要睡滿八小時、記憶力驚人的米蘭德（Fredrik Melander），以及出身上流階層，卻自願投入警職，個性古怪挑剔，永遠要穿上高級西裝的剛瓦德・拉森（Gunvald Larsson，第三集開始出現），和最不顯眼、任勞任怨至任命，原住民身分的隆恩（Einar Rönn），當然還有其他在故事中穿針引線的甘草人物角色。若是以交響樂團比喻這個辦案團隊，馬丁・貝克絕非站在高台上的指揮家，他更像是第一小提琴手，與其他樂手共同合奏出十首描述人性與黑暗的樂章。

荷瓦兒與法勒塑造的這種具有七情六慾、會為生活瑣事煩惱的凡人警探形象，在當年的推理小說世界實屬創新之舉，現代讀者或許早已習慣目前大眾影視或娛樂文化當中的警察形象，殊不知，這些角色的原型其實正脫胎自荷瓦兒與法勒在六〇年代創造出的這位寡言而平凡的北歐警探。

馬丁・貝克系列故事之所以廣受讀者喜愛，不僅在於這些故事背景就在日常當中，就在斯德哥爾摩實際存在的街路上、公園裡，與讀者生活的時空相疊合，而且讀者隨著角色之間的互動和對話，更是能逐漸清晰建構出這些人物的性格及形貌的具體想像，就像真實生活中認識的朋友。隨著每本劇情獨立、但又巧妙彼此牽繫的故事演進，讀者在這段時間軸中，也將見證到他們的個性變化和聚散離合，甚至，突如其來的死別。

長銷半世紀的犯罪推理經典

從一九六五年到一九七五年，荷瓦兒與法勒兩人在這短暫的十年間，以一年一本的速度，完成了馬丁．貝克刑事檔案全系列——《羅絲安娜》，《蒸發的男人》，《陽台上的男子》，《大笑的警察》，《失蹤的消防車》，《薩伏大飯店》，《壞胚子》，《上鎖的房間》，《弒警犯》，以及最終作《恐怖份子》。

故事背景的六〇、七〇年代還沒有網路，沒有手機，沒有DNA鑑識技術，而且人人都在抽菸，隨時隨地；雖然這些細節設定如今看來略有懷舊時代感，但系列各作探討的問題卻是歷久彌新，沒有隔閡，你甚至會拍案驚嘆：「這些社會案件和問題現今依然存在，當前警察組織面對的各種犯罪和無力感也毫無不同。」

荷瓦兒及法勒在當年同為社會主義者，潛伏在這十個刑事探案故事底下的，是他們對於資本主義社會和龐大的國家機器的批判。他們看到了當時瑞典這個福利國美好表象底下的真實面貌。故事裡一樁樁的刑事案件，其實是他們對社會忽視底層弱勢的控訴，以及對投機政客的勾結貪枉，警界管理層的權力慾和顢頇導致基層員警處境艱困和社會犯罪問題惡化的喝斥。

然而，在荷瓦兒與法勒筆下的馬丁．貝克世界裡，在正義執法與心懷悲憫之間，人世沒有全然的善，也沒有絕對的惡。這些故事裡的行凶者往往也是犧牲者，只是形式不同。他們因為精神狀態、經濟能力、社會制度等種種原因，淪為遭到社會剝削、被大眾漠視的無助邊緣人，而他們的犯案動機有時甚至可能只是對體制和壓迫的無奈反撲。因此，馬丁・貝克和其警隊成員在辦案執法的同時，往往也流露出對於底層人物的悲憐，不論他／她是被害者抑或加害者，而每件刑案也是難以二分的灰色地帶。

短暫而光燦的組合，埋下北歐犯罪小說風靡全球風潮的種籽

一九七五年，法勒因胰臟問題病逝，他在先前已預感自己大限將至，於是將此生對於社會關懷的炙熱理念，盡數灌注在最終作《恐怖份子》當中，得年四十九。從一九六二年初識，第一本《羅絲安娜》在一九六五年出版，到最終作《恐怖份子》在一九七五年推出，這對獨特的創作搭檔在這十三年裡的無間合作，為後世留下了一系列堪稱經典的推理之作。

當年，這股馬丁・貝克熱潮一路從瑞典、芬蘭、挪威等北歐各國開始，繼而延燒至歐陸德國，而後進入美國等英語世界國家，不僅大量改編為電影、影集、廣播劇等形式，書中以社會寫實情節為本的創作風格，更是滋養了《龍紋身的女孩》史迪格・拉森（Stieg Larsson），賀寧・

曼凱爾（Henning Mankell），以及尤．奈思博（Jo Nesbo）等眾多後繼的北歐新一代犯罪小說創作者，為北歐犯罪小說在二十一世紀初橫掃全球、蔚為文化現象的風潮埋下種籽，預先鋪拓出了一條坦途。

同樣的，在亞洲，日本角川出版社從一九七五年起，也以英譯本進行日譯工作，推出馬丁．貝克探案全系列作品，並在二〇一三年陸續再由瑞典原文直譯各作，讓新一代的讀者得以更貼近這部傳奇推理經典的原貌。值得一提的是，常透過小說關注日本社會及時事問題的直木賞及日本推理大賞得主佐佐木讓，於二〇〇四年更是以《笑う警官》一書，向荷瓦兒與法勒筆下創造出來的這位北歐探長致敬，而這部作品也分別在二〇〇九及二〇一三年改編為同名電影及劇集，廣受稱道。

儘管這段合作關係已因法勒辭世而告終，但馬丁．貝克警探堅毅、寡言的形象，早已永遠存活在每個讀者的想像當中，以及藏身在每個後續致敬之作和影劇中的警探角色背後。一九七一年成立的瑞典犯罪作家學院（Svenska Deckarakademin），更是以這個書中角色為名，設立「馬丁．貝克獎」，每年表彰全世界以瑞典文創作，或是有瑞典文譯本的犯罪、推理類型傑出之作。

且讓我們開始走進斯德哥爾摩這座城市，加入馬丁．貝克探長和其組員的刑事檔案世界。

導讀

馬丁・貝克與連續殺童魔

——關於《陽台上的男子》

《陽台上的男子》是馬丁・貝克探案系列第三集。在這集中，斯德哥爾摩發生了連續殺童案，連續有小女孩遭到性侵並被殺害，兇手病態地盜走被害者的內褲做為收藏品。馬丁・貝克與其警察團隊承受龐大的破案壓力，出動諸多警力，誓死都要將這名殘忍的兇手揪出來。

這是馬丁・貝克系列首度出現連環殺手（serial killer，又譯連續殺人魔）的設定。粗略來說，連環殺手是指連續殺害多人的兇手，有固定做案模式，每次做案之間會有冷卻期，且被害者通常屬於固定類型。一個很典型的例子便是眾所皆知的開膛手傑克。在本書中，兇手專挑十歲左右的小女孩下手，做案地點都在公園，遂行性暴力後再予以殺害，最後盜走內褲做為收藏，並以一週為作案週期。

連環殺手的引入使得故事的命案數量大增。前作《羅絲安娜》與《蒸發的男人》都是以單一事件為主軸進行，但《陽台上的男子》卻是在「兇手持續犯案」的節奏中進行，造成讀者（以及馬丁・貝克等人）更強大的焦慮感。然而，案件的複雜度不只是由單一兇手所犯的數件命案製造出來，也是因為作者這次採用了「編麻花」的情節設置。

除了殺童案這條線之外，馬丁・貝克等人還同時調查一系列的搶劫案。這系列的搶劫案是由另一名兇手犯下。這名兇手專挑公園內落單、無反抗能力的人下手，毆打對方後再行搶。故事就在兩案交互調查中進行，比起前兩作更具複雜度。

雖然本作的案件複雜度提升，在推理情節的設計上卻回歸到《羅絲安娜》的平實。馬丁・貝克系列當然是寫實主義的警察小說，首作《羅絲安娜》便開啟了這個風格，沒有複雜的佈局，沒有意外的結局，沒有巧妙的犯案手法，當然也沒有出神入化的推理，就只是純然描寫猶如現實的犯罪與偵查細節。其後在續作《蒸發的男人》卻有了改變，作者加入更多推理線索，埋下伏筆，也安排了意外結局，使得該書成為具備解謎性質的寫實主義作品。奇妙的是，《陽台上的男子》又回歸到《羅絲安娜》的路線，捨棄《蒸發的男人》中古典推理小說的解謎色彩，不但對於真相不做隱藏，案件也是「自然而然」揭開，而非透過邏輯推演。因此閱讀這本書的樂趣與《羅絲安娜》相同，不在於期待結尾的爆點，而在於品嚐鉅細靡遺與貼近現實的警察辦案過程。

的確，就算沒有精心設計的伏筆與衝擊性的真相，本書的精采程度依舊。最主要的原因就是作者一貫的、對於警察辦案的細膩描寫。除了細述警方的查案過程，對於警務人員的心理狀態也有深刻描繪。在前作《蒸發的男人》中，對於馬丁．貝克的心理描繪是沉重的。馬丁．貝克因為工作關係與家人聚少離多，造成妻子不滿；即使在破案之後得以與家人重聚，也無法開心起來，因為真相讓他充滿無奈。《陽台上的男子》仍然對於警務人員的辛勞多有著墨，但並未再聚焦於馬丁．貝克心中因警務工作而產生的灰暗感。取而代之的，是更多苦中作樂的譏誚對話。本書引入的一些新角色，如剛瓦德．拉森、克里斯森以及卡凡特等人，都替故事增添不少笑點，削弱《蒸發的男人》所遺留的沉重感。

《陽台上的男子》透散出來的寫實主義，在查案過程中發揮得淋漓盡致。許多時候，案件的突破都是由於機緣巧合，而非某個天才偵探的推理智慧；更多時候，辦案人員缺乏有力的線索，必須大海撈針。以上種種都對應到真實的辦案情況，這種真實感正是寫實主義作品的強大力量，使得真實世界與虛構世界的界線逐漸模糊，彷彿案件就發生在我們的身邊。事實上，《陽台上的男子》創作靈感也是來自當時發生在瑞典的真實案件。在一九五八至一九六三年間，一名叫做John Ingvar Lövgren的男子連續殺害了四名女子，最後兩名年紀分別只有六歲與四歲，死前都遭到強暴，兇手也因此被稱為「女孩殺手」。讀畢《陽台上的男子》，可以發現，作者不但參照了連續姦殺幼童的題材，連兇手的性格和職業也一併從該真實案件中採用，讓整個故事再度增添現實感。

即使寫實主義風格濃烈，作者仍加入了不少戲劇性的元素，使得故事仍然具備推理小說的曲折離奇與緊張感。此外，故事最後，馬丁・貝克找出第三名關鍵證人的方式也是這部作品最令人印象深刻的場景之一。讀者必須跟著馬丁・貝克的腳步，將故事在前面章節中作者精心埋下的伏筆，與後來的一則關鍵資訊建立連結，才能順利突破膠著的案情。上述這些極富推理趣味的巧妙設計，不但加深了案情撲朔迷離的程度，也讓稍嫌平淡的警察辦案過程描述增添更多「燒腦」樂趣。

《陽台上的男子》或許不是馬丁・貝克系列中最傑出的作品，但以全系列來看，卻是奠定寫實主義風格的重要作品。經過前兩作的歷練，作者對於寫實主義風格的掌握，以及對於警務工作的描寫漸趨成熟，本作正是一次成功的演示。然而，馬丁・貝克系列真正的精采，從下一本《大笑的警察》才正要展開。《陽台上的男子》可視為通往經典的重要橋梁。

• **林斯諺**

推理作家，台灣推理作家協會成員，已出版十二本推理小說，近作為《床鬼》。現為文化大學哲學系助理教授。

017　陽台上的男子

瓦納第斯公園
獵苑島
園
1公里

斯德哥爾摩區域圖

1.

二點四十五分，太陽昇起了。

街上的車聲和昨晚歡宴遲歸的人聲，早在一個半鐘頭前就逐漸銷聲匿跡。打掃街道的機械車已經駛離，在柏油路上留下斑駁陰暗的濕漉條紋。一輛救護車一路鳴著警笛，在又長又直的街道上飛馳。一輛鑲有白色擋泥板、車頂裝著無線電天線、車身漆有「警察」兩個白色大字的黑色汽車，無聲無息地緩緩駛過。五分鐘後，傳來有人戴手套揮拳敲破商店櫥窗的碎玻璃聲，隨後是逃跑的腳步聲，而後是一輛車疾速駛進巷弄的聲響。

陽台上的男子看著這一切。那座陽台很平常，管狀的鐵欄杆，側面則是波紋狀金屬條。他靠欄杆站著，口中的香菸火光在黑暗中形成一個暗紅小點。他每隔一段固定時間就取下香菸，小心翼翼將菸蒂——剩下幾乎不到三分之一吋長——從木質的菸管中抽出，和其他菸蒂放在一起。花園小桌上的一只小盤子裡已有十根菸蒂，沿著盤緣整整齊齊排列著。

此時四下無聲，和任何大城市的任何一個溫和初夏夜一樣安靜。距離女送報生推著嬰兒車改裝的手推車出現，以及辦公室清潔工上班還有數小時之隔。

灰澀的黎明陰影緩緩消散。第一道曙光遲疑地探向那些五層樓和六層樓高的公寓，在對街屋頂的電視天線和圓形煙囪上投下影子。然後，陽光直接落在金屬屋頂上，很快地往下滑，悄悄攀上灰泥磚牆的屋簷。牆上一排排無人的窗戶，多半都被拉攏的窗簾或垂下的百葉窗遮掩著。

陽台上的男子探身朝街上張望。那條街是南北向，又長又直。他放眼望去，大約可以瀏覽兩千多碼的距離。這裡曾經是一條大街道，曾是該市傲人的繁華所在，然而四十年前初建的風華已逝。這條街幾乎和陽台上的男子同齡。

瞇起眼睛，他能看到遠方有個孤伶伶的人影。可能是警察。他走進屋內，這是他數小時以來第一次進入室內；他穿過客廳，踏進廚房。此刻天色大亮，沒有必要開燈；事實上，即使在冬天，他也極少用燈。他打開櫥櫃，取出咖啡瓷壺，然後量了一杯半的水和兩匙粗研咖啡粉。他把咖啡壺擺上爐子，擦一根火柴點瓦斯。用指尖碰碰火柴棒，確定火已經熄了之後，他打開水槽底下的櫃子門，把熄滅的火柴丟進垃圾袋。他站在爐邊等到咖啡沸滾，然後關掉瓦斯，趁著等候咖啡渣沉澱的空檔去浴室小便。為了避免吵到鄰居，他沒有沖水。回到廚房後，他小心地將咖啡倒進杯內，從水槽上一個用掉半盒的方糖裡倒出一塊，再從抽屜裡取出茶匙。然後，他帶著咖啡杯回到陽台，將杯子擺在上過漆的木桌上，坐進折疊椅裡。太陽已經爬得相當高，把對街一些建築物的門面、甚至兩棟較矮的公寓，都照得十分明亮。他從長褲口袋裡抽出一只鎳皮菸盒，把菸蒂一個個捻碎，讓菸草灰從指間掉進金屬圓盒內，然後將菸蒂的小紙片捏成豌豆般大小的圓球，再放回缺口累累的小盤子裡。他攪一攪咖啡，慢慢喝下。遠處又傳來鳴笛聲。他站起來張望，救護車鳴笛聲由小漸大，復又由大轉小。一分鐘後，救護車已不過是一個小小的白色長方體，在街道北面的盡頭轉了個彎，消失無蹤。再度坐下後，他茫然地攪動已涼的咖啡。他幾乎不動地坐著，聆聽城市在他周圍遲遲然、惚惚然地甦醒。

陽台上的男子身高中等，體格適中。他的長相平凡，穿著一件白襯衫，沒打領帶，棕色長褲是軋別丁布料，沒有熨過，灰襪子和黑皮鞋。他的頭髮稀疏，直直往後梳，鼻子很大，有一雙灰藍色的眼睛。

時間是一九六七年六月二日，早上六點半。這座城市是斯德哥爾摩。

陽台上的男子沒有感覺到有人在觀察他。他沒有任何特別的感覺。他想，過一會兒再給自己煮點麥片粥。

街景活潑起來。車流越來越密集，十字路口的交通號誌每次一轉成紅燈，等候的車隊就越長。一輛糕餅店的貨車對一輛腳踏車生氣地按喇叭，因為後者輕率地突然轉進大街。跟在後面的兩輛車傳來緊急煞車的嘎吱聲。

男子站起來，雙臂靠在陽台欄杆上往下張望。騎腳踏車的傢伙焦躁地搖搖晃晃騎向人行道，假裝沒聽到貨車司機對他的高聲叫罵。

人行道上，幾個行人匆匆走過。陽台底下的加油站旁，有兩個穿著涼爽夏裝的女子站在那兒聊天，更遠一點，一個男人正在遛狗，他不耐煩地被狗拉著走，而那條臘腸狗似乎不以為意，繞著樹幹頻頻嗅聞。

陽台上的男子挺直身子，抹順自己稀薄的頭髮，雙手插進口袋。此時是七點四十分，太陽高高在上。他抬頭看天空，一架噴射機正沿著藍天畫出一道白色線條。他再度垂下視線看街道。一位穿著淺藍色外套的白髮老太太，正站在對街那家糕餅店外。她在手提包裡翻找許久，才拿出一把鑰匙開門。他看著她拿鑰匙插進門上的鎖孔，把門在身後關上。門框後有一片垂下的白色窗簾，上面寫著「休息中」的字樣。

同時間，糕餅店隔壁的公寓入口大門打開來，一個小女孩跑出來站在陽光底下。陽台上的男子後退一步，雙手抽出口袋，幾乎不動地站著。他的視線緊跟著底下街道上的小女孩。

她看起來大約八、九歲，拿著一個紅格子背包。她穿著藍短裙、條紋T恤，和一件袖子太短的紅外套。腳上的黑色木底涼鞋讓她原本就纖細的雙腿看起來更顯細長。她轉向門口的左邊，低頭慢慢沿著街道走。

陽台上的男子以目光尾隨她。走了大約二十碼，她停下腳步，一隻手抬到胸前，接著就這樣在原地站了一會兒。然後，她打開背包，邊在裡頭翻找，邊轉身往回走。接著，她背包也沒蓋好地就提腳狂奔，衝進原來的屋子內。

陽台上的男子幾乎不動地站著，注視大門在女孩的身後闔上。幾分鐘後，大門又打開，女孩子又出來了。此時她的背包已經蓋好，腳步更急。她淺色的頭髮綁成一束馬尾，在背後晃來晃去。走到街角時，她轉個彎，不見蹤影。

時間是七點五十七分。男子轉身走進屋內，進了廚房。他在那裡喝了一杯水，把玻璃杯沖乾淨，放在碗架上，然後又回到陽台。

他坐著摺疊椅，左臂擱在欄杆上。他點起一根菸，邊吸著菸，邊觀望街道。

2.

牆上那只電子鐘的時間是十點五十五分，至於日期，根據剛瓦德・拉森桌上的日曆，是一九六七年六月二日，星期五。

馬丁・貝克只是湊巧經過。他剛剛走進來，把行李箱放在門內地板上。他打了聲招呼，把帽子擺在檔案櫃旁的玻璃瓶邊，從托盤上取了一只玻璃杯倒滿水，靠著檔案櫃準備喝水。桌後的男人沒好氣地瞪著他說：

「他們也派你來啊？我們又做錯什麼事了？」

馬丁・貝克啜了一口水。

「據我所知，沒有。不用擔心，我只是來找米蘭德，我請他幫我辦點事。他人呢？」

「老毛病，在廁所裡。」

米蘭德老是愛待在廁所的怪毛病，已經是個老笑話了，但就算這笑話背後倒也真實，馬丁・貝克不知為何仍感到有點不快。

然而，他通常都將情緒暗藏心中。他朝桌後那人拋出一道平靜的探問眼光：

「你在煩惱什麼？」

「還用說嗎？當然是那些搶劫案。昨天晚上又一樁，在瓦納第斯公園。」

「我聽說了。」

「一個退休的傢伙帶著他的狗出門。後腦被人敲了一記。皮夾裡有一百四十克朗。腦震盪，人還在醫院，什麼都沒聽到，也什麼都沒看到。」

馬丁・貝克沉默不語。

「這已經是這兩週內的第八次了。那傢伙遲早會殺死人。」

馬丁・貝克把水喝光，放下玻璃杯。

「要是沒人及早逮到他的話。」剛瓦德・拉森說。

「你是指誰他逮到？」

「警察啊，我的天，我們任何人。第九區的巡警在案發前十分鐘才剛去巡邏過。」

「案發當時呢？他們人在哪裡？」

「在局裡喝咖啡。每次都是這樣。如果警察在瓦納第斯公園裡的樹叢裡埋伏，那麼案子就會發生在伐沙公園，如果埋伏在瓦納第斯公園和伐沙公園，那麼他就會在理爾貞斯樹林出現。」

「那麼，如果那裡樹叢中到處也都有警察埋伏呢？」

「那麼示威群眾就會衝破美國貿易中心，縱火燒掉美國大使館。這不是在開玩笑。」剛瓦德・拉森氣鼓鼓地加上一句。

馬丁・貝克直視著他說：

「我不是在開玩笑，只是好奇。」

「這傢伙很內行，簡直就像有雷達似的。他犯案時，附近從來沒有警察。」

馬丁・貝克的拇指和食指揉著鼻梁。

「派……」

拉森立刻插嘴。

「派？派誰？派什麼？警犬車不成？然後讓那些該死的狗把巡警撕成碎片？再說，昨天那個受害人就有一條狗。結果對他有什麼好處？」

「哪一種狗？」

「我他媽的怎麼知道？我該去盤問那隻狗不成？還是我去把那頭狗抓來，送進廁所裡讓米蘭德盤問牠？」

剛瓦德・拉森說這話時一臉正色。他的拳頭敲著桌面，繼續說：

「一個神經病埋伏在各處公園，敲人的頭搶劫，你竟然來這裡談什麼狗！」

「事實上不是我起頭的……」

剛瓦德・拉森再度打斷他。

「總之，我告訴你，這個傢伙內行得很。他只找沒有防衛能力的老人和女人下手，而且一向從背後攻擊。上禮拜有個人說什麼來著？哦，對了，『他像頭獵豹似地，從樹叢裡躍出來。』」

「只有一個辦法。」馬丁・貝克用故作親暱的聲音說。

「什麼？」

「由你親自出馬，假扮成沒有防衛能力的老人。」

桌後那個人轉頭瞪著他。

剛瓦德・拉森身高六呎三，體重二百一十六磅。他有重量級拳擊手的肩膀，粗大的手臂長滿雜草似的金色汗毛。他的頭髮淡金，直直往後梳，有一對經常充滿不悅的湛藍色眼睛。柯柏常以如此形容，總結對拉森的描述：「帶有一臉飛車黨人的凶相」。

此刻，那對藍眼正以比平時還更不悅的神色盯著馬丁・貝克。

馬丁・貝克聳聳肩說：

「不說笑了……」

剛瓦德．拉森立刻打斷他。

「不說笑？我看不出來這種事有什麼好笑。我正在這裡，在這裡被這輩子碰過最嚴重的連續搶案搞得焦頭爛額，而你卻進來談天說笑，胡言亂語。」

馬丁．貝克知道，這個人正在無意識地做一件很少人能辦到的事：用話激他，把他激怒到發脾氣。雖然對這點心知肚明，但他仍忍不住把靠在檔案櫃上的手臂一揮，說道：

「夠了！」

幸好米蘭德這時從隔壁走進來。他沒穿外套，只著襯衫，嘴裡含著菸斗，手上抱著一本翻開的電話簿。

「你好。」他說。

「你好。」馬丁．貝克回說。

「你一掛斷電話，我就想起了那個名字，」米蘭德說，「叫做阿衛德．拉森。我在電話簿裡也查到了。不過，打去也沒用。他在四月死了，腦溢血。直到人生最後可是都還在工作呢，在南邊開一家買賣舊貨的店，現在已經收掉了。」

馬丁．貝克將電話簿接過來看，點點頭。米蘭德從長褲口袋掏出一盒火柴，仔細地點起菸斗。馬丁．貝克往內走了兩步，將電話簿放在桌上，然後又回到檔案櫃旁。

「你們兩個是在忙什麼？」剛瓦德・拉森一臉狐疑地問。

「沒事，」米蘭德說，「馬丁想不起來我們十二年前偵辦過的某起案件中的人名。」

「你們當時破案了嗎？」

「沒有。」米蘭德說。

「可是你記得名字？」

「對。」

剛瓦德・拉森把電話簿拉過來，翻了翻之後說：

「你他媽的怎麼有辦法記得一個姓拉森的人，而且還記了十二年？」

「這挺簡單的。」米蘭德輕描淡寫地回道。

電話鈴響。

「第一分局，我是值勤警官。抱歉，女士，你說什麼……什麼？問我是不是警察？我是第一分局的值勤警官拉森偵查員。你的名字是……」

剛瓦德・拉森從胸前口袋抽出原子筆，草草地寫了一個字，然後把筆舉在半空中。

「我能幫你什麼忙嗎……抱歉，我沒聽懂……呃？一個什麼……一隻貓？有一隻貓在陽台上？哦，一個男人啊……有一個男人站在你的陽台上？」

剛瓦德．拉森把電話簿推到一旁，拿來一本備忘錄。筆在紙上寫了幾個字。

「是，原來如此。你說他長什麼樣子？是，我在聽。頭髮稀疏，直直往後梳。大鼻子。嗯哼。白襯衫。中等身高。嗯……棕色長褲，沒扣釦子。什麼？哦，是襯衫沒扣釦子。灰藍色的眼睛……等一下，女士。我們先搞清楚。你是說，他是站在他自家的陽台上？」

剛瓦德．拉森看看米蘭德，又看看馬丁．貝克，然後聳了聳肩。他繼續聽電話，同時用筆挖耳朵。

「抱歉，女士，你說這個男人是站在他自己家的陽台上？他曾經對你動手動腳嗎……哦……他沒有……什麼，在對街，在他自己的陽台上？那你怎麼看得到他的眼睛是灰藍色的？那條街一定很窄……什麼？你做什麼……等等，女士。這個男人只是站在自家陽台上……他還做了什麼……看下面的街道？街上發生什麼事……沒發生什麼嗎？你說什麼，有車，有小孩在玩？晚上也這樣？晚上小孩子也在街上玩嗎……哦，他們沒有。但是他晚上也站在那裡……你要我們怎麼辦，派警犬車去嗎……事實上，女士，沒有一條法律禁止人站在自家陽台……你說，只是報告一個狀況？蒼天在上啊，女士，如果每個人都來報告他們觀察到的狀況，那麼，每個市民起碼得配上三個警察才應付得來……感激？我們應該覺得感激？不耐煩？我的態度不耐煩？聽我說，女士……」

剛瓦德・拉森突然住口，把電話聽筒拿離耳朵一呎遠。

「她掛斷了。」他一臉訝異地說。

三秒後，他大力放下聽筒：「去死吧，老母狗。」

他撕下方才寫了字的那張紙，然後用紙將筆尖上的耳垢細擦乾淨。

「民眾真是瘋子，」他說，「難怪我們什麼事都辦不成。總機怎麼沒有過濾這類電話？應該要有一條專線直通瘋人院才對。」

「你只要習慣就好。」米蘭德平靜地拿起電話簿，將它闔起，走回隔壁房間。

剛瓦德・拉森把筆擦乾淨之後，將紙捏成一團丟進字紙簍。他酸溜溜地看了一眼門邊的手提行李箱，說道：

「你要出門上哪兒去啊？」

「去莫塔拉待幾天，」馬丁・貝克回答，「那裡有點事，得過去瞧瞧。」

「哦。」

「我一週內就回來。但是柯柏今天會在。他從明天開始在這兒執勤。所以你不必擔心。」

「我沒在擔心。」

「對了，那些搶劫案……」

「怎麼樣？」

「沒，沒什麼。」

「要是他再動手個兩次，我們會逮到人的。」米蘭德從隔壁房間喊話。

「正是如此，」馬丁・貝克說，「再見。」

「再見，」剛瓦德・拉森答道。

3.

馬丁・貝克在火車出發前十九分鐘抵達中央車站，他心想，可以利用時間打兩通電話。第一通打回家。

「你還沒離開嗎？」他太太說。

對於這個全然寒暄性的問題，他置之不理，只說：

「我會住在一家叫皇宮的旅館。我想你最好知道一下。」

「你要去多久？」

「一個星期。」

「你怎麼有辦法這麼確定？」

問得好。她畢竟不笨，馬丁・貝克心想。

「替我跟孩子們問好，」他說，停頓了一下又補上一句，「自己保重。」

「謝了。」她冷冰冰地回說。

他掛斷電話，從長褲口袋掏出另一枚銅板。電話亭前排了一條長龍，站在最前面的幾個人瞪著，看他把銅板丟進投幣孔，撥了南區警察總局的號碼。等了大約一分鐘，才等到柯柏來接。

「我是貝克。只是要確定你回局裡了。」

「謝謝你的關心，」柯柏說。「你還在這兒？」

「葛恩怎麼樣？」

「很好。壯得跟一棟房子一樣，這還用講嗎？」

葛恩是柯柏的太太，她懷孕了，預產期是八月底。

「我一個星期之內就回來。」

「我想也是。那時我就不在總局這邊了。」

柯柏停了一下，「你去莫塔拉辦什麼事？」

「那個傢伙……」

「哪個傢伙？」

「前晚被火燒死的那個賣二手貨的。你沒……」

「我在報紙上讀到了。所以呢？」

「我去瞧瞧。」

「他們有笨到連個普通火災都沒辦法自己結案嗎？」

「總之，他們託我……」

「聽我說，」柯柏說。「或許你騙得了你太太，可是愚弄不了我。總之，我相當清楚他們找你做什麼，也知道是誰找你。莫塔拉現在的調查部門是誰帶頭？」

「艾柏格，不過……」

「正如我所料。而且我知道你挪動五天還沒用的休假。換句話說，你去莫塔拉，就是要和艾柏格坐在城市旅館舉杯對飲。我說對了吧？」

「呃……」

「祝你好運，」柯柏口氣溫和地說，「要給人家好印象喔。」

「謝了。」

馬丁．貝克掛斷電話，排在他後頭的那個人粗魯地擠進來。貝克聳聳肩，走向車站大廳。

柯柏的話一語中的。其實這也沒什麼大不了，但是，這麼容易就被看穿，總是讓人打心底不舒服。他和柯柏是在三年前的夏天，因為一起謀殺案而認識艾柏格。那次的調查既漫長又艱辛，他們就是在過程中成了好友。若非如此，艾柏格是不太可能向警政署求援的，而他自己也不可能會為這種案子浪費時間，就連半天也不行。

車站的時鐘顯示，兩通電話共花了他四分鐘。火車十五分鐘後才發車。大廳如常熱鬧而擁擠，什麼樣的人都有。

他行李在手，陰鬱地站在那兒。他中等身高，有一張削瘦的臉，額頭寬廣，下巴堅實。一般人看到他，可能會以為他是個剛進城的鄉巴佬，被大城市的五光十色搞得頭昏目眩。

「嗨，先生。」一聲粗啞的耳語對他說。

他轉頭看那個搭訕者。一個才十來歲的女孩子站在他身邊，她有一頭柔細的淺色長髮，穿著蠟染短洋裝。她光著腳，一身污濁，看起來和他女兒的年紀不相上下；右手握著一串四張相連的照片。她讓他瞥了一眼照片。

很容易就可以看出那些照片是怎麼來的。女孩是到投幣自動照相亭，蹲在凳子上，掀起自己的洋裝，露到和腋下一般高，然後投下錢幣拍照。

這種照相亭的簾子現在已經改短到膝蓋高度，可是對於想搞把戲的人仍是防不勝防。他瞥見照片。現在的女孩子比過去早熟，他心想。而且，這種小浪女似乎沒想到要在洋裝底下穿點什麼。總之，照片拍出的效果也不是很好。

「二十五克朗？」小女孩一臉期望地問。

馬丁・貝克厭煩地張望四周，看見大廳另一頭有兩名穿制服的警察。他向他們走去。其中一人認出他，向他敬禮。

「你們不能管教管教這裡的小孩子嗎？」馬丁．貝克惱怒地說。

「我們盡力了，長官。」

回話的警察正是向他敬禮的那位。年紀很輕，有一對藍眼睛，留著一副修剪整齊的淡色鬍子。

馬丁．貝克沒說什麼，只是轉身走向通往月台的玻璃門。這時，穿蠟染洋裝的女孩站在大廳更遠的一方，偷偷摸摸地看著自己的照片，似乎在納悶她的外型有哪裡不對。

要不了多久，必然會有哪個白痴買下她的照片。

然後她就會用那筆錢，去和樂園或瑪麗廣場那種地方買「紫心」或大麻等毒品，或是LSD。

認得他的那名警察留了一嘴鬍子。他在二十四年前剛加入警界時，沒有警察蓄鬍的。

對了，另外那個沒留鬍子的，怎麼沒向他敬禮？因為不認得他嗎？

二十四年前，警察會對任何一個向他們走過來的人敬禮，即使那個人不是他們的上司。或者，是他記錯了？

那年頭，還沒有十四、五歲的女孩會去照相亭拍自己的裸照，然後試圖向警察兜售，好換錢買毒品。

總之，他對自己在今年初得到的新官銜一點也不開心。他也不喜歡位在吵雜的瓦斯貝加工業區內的南區總局新辦公室。他不喜歡他疑心病很重的妻子，也不高興就連剛瓦德・拉森那種人也能來當警察。

馬丁・貝克坐在頭等車廂靠窗的位子上，想著這一切。

火車滑出車站，經過市政府。在車廂被南下隧道吞噬之前，他瞧見白色的老汽輪瑪麗佛來號仍停靠在葛利松港，也看到了諾斯泰德出版公司。當火車再度回到白日底下，他看見坦托朗登公園綠油油的草地——這座公園不久後將會給他帶來連連惡夢——然後聽到火車車輪輾過鐵路大橋的回聲。

等火車抵達索德拉來，他的心情已經好多了。他向兜售飲食的金屬手推車買了一瓶礦泉水，和一個不怎麼新鮮的起司三明治。大多數特快車上的餐車，如今都已被這種手推販賣車取代了。

4.

「嗯，」艾柏格說道，「事情就是這樣。那晚相當冷，他床邊有一台老式電子暖爐。他睡到一半踢掉毯子，毯子掉到暖爐上，於是就著火了。」

馬丁．貝克點點頭。

「這樣似乎說得通。」艾柏格說。「今天已經完成鑑識調查，我本想打電話告訴你，但你已經出發了。」

他們正站在伯倫運河邊的火災地點，他們從樹叢間隙中可以瞥見一點湖水，以及三年前曾發現一具女屍的一排排水門。慘遭祝融的房子只剩下地基和煙囪底座。不過，消防人員至少保住了一間小小的屋外庫房。

「那裡頭有一些贓物，」艾柏格說，「這個叫拉森的男子，是個買賣贓貨的傢伙。以前曾被判刑，所以我們完全不意外。我們會列出一份清單。」

馬丁．貝克再度點頭，然後說：

「我查過他住在斯德哥爾摩的哥哥。去年春天死了，腦溢血。那個傢伙也在做贓貨買賣。」

「看來是有家風傳承。」艾柏格說。

「那個哥哥從來沒被逮過，但米蘭德記得他。」

「噢，對，米蘭德……他就跟大象一樣，什麼事都不會忘記。你們沒繼續共事了是嗎？」

「偶爾才會。他在國王島街的警局。柯柏從今天開始也在那裡。這樣把我們調來調去，真會把人搞瘋。」

他們轉身離開火災現場，沉默地走回車子。

十五分鐘後，艾柏格將車開到警局門口，那是位於普雷斯路和國王街交叉口的一棟低矮黃磚建築，距離市中心廣場和巴扎・馮・普拉登的雕像很近。他半轉過身對馬丁・貝克說：

「現在你在這裡也沒事幹了，乾脆留下來玩幾天吧。」

馬丁・貝克點點頭。

「我們可以開船出去。」艾柏格說。

當晚，他們在城市飯店用餐，吃的是維特恩湖的當地特產，一種美味的鱒魚。兩人也喝了幾杯酒。

星期六，他們開機動船遊湖。星期天也是。星期一，馬丁・貝克借了船自己出遊。星期二也是。星期三，他去瓦茲特納觀賞古堡。

他在莫塔拉下榻的旅館既現代化又舒服。他和艾柏格很合得來。他讀了一本寇特・所羅門森寫的小說《在外的男子》。這個假期過得很愉快。

他理當享受一下。因為他在去年冬天非常辛苦，春天也不好過。至於這個夏天能否安靜度過，還有待觀察。

5.

天氣對那個搶劫犯沒有影響。

那天，剛過中午就開始下雨。起初下得很大，後來轉成毛毛細雨，到了大約七點時就停下。但天空仍然陰沉，顯然很快會再降雨。此時已經九點了，暮色開始散落在樹影間。離點燈的時間大約還有半小時。

搶劫犯已經脫下他的薄塑膠雨衣，放在身旁的公園條凳上。他穿著網球鞋、卡其長褲，和一件俐落的灰色尼龍套頭上衣，上衣胸口袋上有一個英文字母。一條紅色大手巾鬆鬆地綁在頸子上。他已經在公園附近待了兩個多小時，一邊仔細觀察路人，一邊不停盤算。其間兩次有路人引起他高度興趣，但那兩回都是兩人同行，而非形單影隻。第一對行人是一名年輕男子和女孩，兩人都比他年輕。女孩穿著涼鞋和黑白雜色的夏季短洋裝，男孩穿著時髦的運動上衣和淺灰色長褲。他們走進公園最荒僻的林間步道，停下腳步互相擁抱。女孩靠著一棵樹站著，男孩很快就把右手伸進她的裙內，探進她底褲的鬆緊帶裡，手指開始在她兩腿間溜鑽著。「會有人啦。」她語氣呆板地說，同時卻也馬上張開兩腿。下一秒，她已經閉上眼睛，開始有韻律地扭著臀，左手手指同時也摩挲著男孩髮梢整齊的後頸。雖然搶劫犯近到能瞥見女孩的白色蕾絲底褲，卻看不見她的右手在做什麼。

他先前沿著草地悄悄跟蹤在後，彎身躲在距離不到十來碼的樹叢後面。他仔細盤算得失。著手攻擊嘛，可以滿足他一時興起的情緒，但是就另一方面來衡量，那個女孩子沒帶提包，而且他有可能擋不住她尖叫出聲，這點會讓他的專業行動打點折扣。再者，近看之後，男孩的肩背比他本以為的還要壯碩，更何況，也不確定男孩的皮夾裡是否有錢。這似乎不是一樁好生意，所以就跟來時一樣，他悄然無聲地溜走了。他不是偷窺狂，他還有更重要的事要做，而且，他預估接下來也沒什麼看頭了。沒多久，這對年輕男女就以合乎禮儀的適當距離走出公園。他們穿過街道，走進一棟公寓，房子外觀看起來是屬於那種踏實可敬的中產階級所有。女孩在進門前先整理好自己的底褲和胸罩，並用濡濕的指尖抹順眉毛。男孩則把頭髮梳理整齊。

八點半時，他的注意力集中在下兩個人身上。一輛紅色的富豪汽車停在街角的五金行前。前座有兩名男子。其中一人先下車走進公園。他沒戴帽子，穿著淺褐色雨衣。幾分鐘後，另外一個人也下了車，從另外一條路走進公園；他戴著運動帽，穿著斜紋軟呢夾克，身上沒再加穿外套。大約十五分鐘後，兩個人又從不同方向、相距數分鐘，各自走回車邊。他背對他們，面向五金行的櫥窗站著，可以清楚聽見他們的對話。

「怎麼樣？」

「什麼都沒有。」

「現在怎麼辦？」

「去理爾貞斯林區吧？」

「這種天氣？」

「嗯……」

「好吧。不過，先喝杯咖啡再走。」

「好吧。」

他們大力關上車門走了。

此時已將近九點，他坐在凳子上等待。

她一走進公園就被他看到，而且他立刻知道她會走哪一條路。她是一個五短身材的中年婦女，穿著外套，帶著雨傘和大型手提包。看起來很有希望。也許她是在擺水果和香菸攤的。他起身穿上塑膠雨衣，穿過草坪，躲在樹叢後。她沿著步道走來，現在幾乎和他平行——只要再等五秒或者十秒。他的左手拿手巾準備矇住她的嘴鼻，右手則穿進一只銅製的手指虎。此時她只離他數碼之遠。他迅速移動，踩在濕草地上的腳步幾乎沒有聲息。

說時遲，那時快。他還在那女人身後一碼距離的時候，她突然轉身，看見他便放聲尖叫。他毫無遲疑地使出全力，朝她的嘴巴打過去。他聽到某種碎裂的聲音。女人的雨傘落地，搖晃了幾下，跪倒在地，兩手緊抓著手提包，彷彿在保護一個嬰兒。

他又朝她揮出一拳，婦人的鼻子在銅質手指虎的重擊之下碎裂。她往後仰倒，兩腿扭曲在身子底下，沒再發出一點聲音。她血流如注，似乎已失去知覺，即便如此，他仍然從步道邊抓起一把沙，撒在她的眼睛上。正當他扯開她的手提包之際，她的頭歪向一邊，下巴鬆開，開始嘔吐。

手提包，皮夾，一只腕錶。還算不賴。

接著，搶劫犯往公園外逃去。她彷彿在保護一個嬰兒似的，他心裡想，本來可以更乾淨俐落的。愚蠢的老母狗。

十五分鐘後，他已經回到家了。時間是晚間九點半，一九六七年六月九日，星期五。二十分鐘後，又開始下起雨了。

6.

雨整夜下個不停，但到了週六早上，太陽又綻放光明，只是偶爾會被飄過清澄藍天的白雲遮蔽。這一天是六月十日，暑假的開始，從週五下午起就可看見緩緩擠向城外的車水馬龍，正要前往鄉下別墅、遊船碼頭以及露營地等地方。儘管如此，城裡仍是人滿為患，這週末預期會是好天氣，因此市民會利用公園或露天泳池暫代鄉村假期。

時間是九點十五分。瓦納第斯游泳池的收費窗口外已是大排長龍。渴求陽光的斯德哥爾摩人從西維爾路一路排過來，等不及要下水游泳。

兩個面容憔悴的人闖了紅燈，穿過富雷吉路。其中一個穿著牛仔褲和套頭上衣，另一個穿著黑色長褲，棕色夾克的左胸口袋鼓鼓的，令人感到可疑。他們慢條斯理地走著，眼睛被陽光照得瞇起來。口袋鼓鼓的那人走路顛簸，差點和一個單車騎士相撞。後者是個大約六十歲、看起來很健朗的男人，穿著淺灰色的夏天套裝，車子載物處放著一條濕答答的泳褲。單車男子晃了一下，不得不用一隻腳踩地煞車。

「不會走路啊，白痴！」他大罵一聲，立刻又盛氣凌人地騎走了。

「笨老頭，」穿夾克的那人說，「一副討厭的有錢人死樣子。嘖，差點就撞到我。我要是跌倒，瓶子可就破了。」

他憤怒地在人行道旁停步，想到差點碰上的災難，不禁打了個哆嗦。他摸摸夾克裡的酒瓶。

「再說，你想他會賠我嗎？門兒都沒有。那種人啊，只知道舒舒服服地住在北馬拉大道的時髦公寓，冰箱裡裝滿香檳。這種渾蛋要是打破一個窮鬼的酒瓶，別妄想他會賠。大爛人！」

「可是他沒打破啊。」他的朋友低聲反駁。

第二個講話的人年輕多了。他拉著那位滿腹苦水的朋友的臂膀，引領他走進公園。他們爬上斜坡，不像其他人往泳池的方向前進，反而過門不停步。然後，他們轉入從史帝芬教堂通往小山丘頂的小徑。這條路很陡，兩人很快都氣喘吁吁。走到一半時，較年輕的那人說：

「水塔後方的草地，有時候可以在哪裡撿到一些銅板。如果前一晚有人在那裡玩撲克牌的話。說不定，我們在酒行關門前還能撿到一些錢，夠買個半瓶……」

這天是週六，酒行一點就會關門。

「沒望啦，昨天下雨。」

「也是。」較年輕的那人嘆了一口氣應道。

小徑沿著遮擋泳池的圍籬轉了個彎，此時裡面人頭鑽動，有人膚色曬得如同黑人，有的原本就是黑人，但大多數人看起來都十分蒼白。這也難怪，畢竟經過一個漫長的冬天，他們連到加納利群島度個一週假的運氣都沒有。

「嘿，等一下，」較年輕的那人說，「來看看妞兒們。」

比較老的那人繼續往前走，轉頭向後說：

「媽的，才不要。走吧，我口渴得跟駱駝沒兩樣。」

他們繼續走向公園頂端的水塔。繞過黝黯的建築物之後，他們很高興地發現水塔後面四下無人。比較老的那人在草地上坐下，拿出酒瓶，開始扭轉瓶蓋。比較年輕的那人繼續走向另一邊的陡坡頂上，那邊有一片漆成紅色的半塌籬笆。

「裘克！」他喊道，「來坐這邊，以免有人過來。」

裘克站起來，喘著氣，手握酒瓶跟在另外那人後面，較年輕的那人已經開始往下坡路走了。

「這裡有個好地點，」較年輕的那人喊著，「在這些樹叢旁……」

他突然止步，彎腰趨前。

「老天！」他啞著嗓子低聲說。「耶穌上帝！」

裘克從後面跟過來，看見地上的女孩子，立刻轉頭吐了出來。

她躺在那裡，上身有一半藏在樹叢底下。兩條腿張得很開，橫陳在濕漉漉的泥地上。她臉孔發青，轉向一邊，嘴巴張開。她的右臂彎曲，橫擺在頭上方；左手則靠在臀邊，掌心向上。

她柔細的淡色長髮落在面頰上，赤著腳，穿著裙子，一件條紋棉布T恤；T恤被拉高，露出光裸的腰部。

看起來大約九歲。

毫無疑問，她已經死了。

當裘克和他的朋友出現在瑟布斯路的第九區警察局時，時間是九點五十五分。他們緊張兮兮、沒頭沒腦地對一個名叫葛蘭倫的值勤警員陳述在瓦納第斯公園目睹的景象。十分鐘後，葛蘭倫和四名警察就來到了現場。

不過十二個小時前，其中兩名警察才接到有人報案，去過公園另一邊，那裡又發生一件殘暴的搶劫案。從搶案發生到有人報案，這中間相隔已近一小時，大家都理所當然地認為搶匪早就逃之夭夭。因此，他們並未仔細檢查附近區域，所以也不清楚小女孩的屍體是否當時早已在那裡。

五名警察能確認的，就是這女孩已經死了，而且就觀察所得，受害者是遭人勒斃。這大概就是他們目前所知的。

在等候偵查員和鑑識人員抵達前，他們的主要任務是防止閒雜人在附近走動。

葛蘭倫放眼犯罪現場，看得出這起案子對總局的警員來說可難辦了。顯然，受害者遭棄屍後，曾經下過一場大雨。而且，他認為自己知道這女孩是誰，但這沒有什麼好高興的。

昨晚十一點，有個焦慮的母親來到警局，拜託警方協尋她的女兒。女孩八歲半，大約七點時跑出去玩，之後就沒再回家。第九分局曾經通報總局，所有巡警都拿到描述女孩長相的資料。各家醫院的急診室也被詢問過了。

很不幸，那些描述似乎與眼前的女屍吻合。

據葛蘭倫所知，還沒找到那個失蹤的女孩，而且，她就住在瓦納第斯公園附近的西維爾路。看來應該沒錯了。

他想像女孩的父母正在家中焦急地等待。他暗自祈禱，負責前去通知他們這個惡耗的人不會是他。

偵查員終於到了。葛蘭倫覺得，自己在陽光底下的童屍旁似乎已站了一個世紀之久。

專家一開始鑑識工作，他便將現場交給他們處理，自己則走回警局。然而，死去的女孩影像仍烙印在他眼中。

7.

柯柏和隆恩抵達瓦納第斯公園的犯罪現場時，水塔後面那片區域已經圍起警戒線了。攝影師已拍完照片，法醫正忙著進行初步的例行驗屍工作。

地上仍是濕的，屍體附近僅見的新足印，可確定多半是由發現屍體的那兩人所留下。女孩的涼鞋落在靠近紅籬笆斜坡下的較遠處。

等法醫結束工作，柯柏走近他問道：

「怎麼樣？」

「被勒死的，」法醫說，「可能有遭強暴的跡象。」

他聳聳肩。

「什麼時間？」

「昨晚某個時候。必須先查出她最後一次進食的時間，還有吃了什麼……」

「我知道。依你看，會是在這裡發生的嗎？」

「我看不出有否定的條件。」

「確實沒有，」柯柏說，「他媽的，為什麼要下那麼大的雨。」

「嗯。」法醫應一聲，便走向他的車子。

柯柏又多待了半個鐘頭，然後坐上第九分局的警車前往瑟布斯路的警局。

柯柏進門時，局長正在辦公桌前讀一份報告。他向柯柏打招呼，把報告擱到一旁，指著一把椅子。柯柏坐下來說：

「令人作嘔的差事。」

「是啊，」局長說，「有什麼發現嗎？」

「據我所知，沒有。雨水毀了一切。」

「依你看，是何時的事？昨晚那裡發生一起搶案，我正在看報告。」

「不知道，」柯柏說，「看看什麼時候可以搬動她再說。」

「會不會是同一個傢伙？她看見他在作案什麼的？」

「如果她曾經遭到強暴，那不太可能會是同一人。搶劫，同時又強暴殺人……這有點太過份。」柯柏語意不明地說。

「強暴？法醫這麼說？」

「他認為有可能。」柯柏嘆了一口氣，摸摸下巴。

「載我過來的小子說，你知道那孩子是誰。」

「是的，」局長說，「看起來像是同一人。葛蘭倫剛才還在，比對她母親昨晚拿來的照片指認了她。」

局長打開一份檔案，拿出一張照片交給柯柏。如今已經死在瓦納第斯公園的女孩，在相片中靠著樹幹，抬頭對著太陽笑著。柯柏點點頭，遞回照片。

「她父母知道……」

「還沒。」局長說。他從面前的記事本撕下一張紙，交給柯柏。

「凱琳．卡爾森太太，西維爾路八十三號。」柯柏大聲唸道。

「那女孩叫伊娃。」局長說。「最好有個人去……你最好去一趟，現在就去，趁她還沒從更痛苦的管道得知此事。」

「眼前這情況已經夠讓人痛苦了。」柯柏嘆了一口氣。

局長面色沉重地看著他，但是沒說什麼。

「我還以為這是你的管區呢。」柯柏說。然而他還是站了起來，接著說：

「行了，行了，我去。總得有人去吧。」

到了門口，他轉過身來說：

「難怪我們警界會缺人。瘋了才會來幹警察。」

由於先前已將車子停在史帝芬教堂旁，所以他決定走路過去西維爾路。再說，他不想太快見到女孩的父母。

陽光普照，昨夜大雨的痕跡都已消散。想到眼前的任務，柯柏打心底不舒服。簡而言之，就是難過。他以前被迫做過類似的事，可是，現在受害的是一個小孩子，沒有比這更令人難過的。要是馬丁在這兒就好了，他想，對於這種事，他比我有能耐多了。然而柯柏又想到，馬丁・貝克在碰到類似情況時一向非常沮喪。柯柏轉念一想，啊，無論是誰來做，其實都一樣困難。

死去的女孩住處的公寓，正位於瑟布斯路和富雷吉路之間的路段，而且就在瓦納第斯公園斜對面。電梯壞了，他不得不走上五層樓。按下門鈴前，他先靜靜站了一會兒，調整呼吸。

那女子幾乎即刻開門。她穿著棕色棉布居家服，腳著涼鞋。淺色頭髮十分凌亂，彷彿十指曾經一再抓扯。她一看見柯柏，頓時露出一臉失望神色，然後立刻在期待和害怕之間游移不定。

柯柏出示警證。她用一種焦灼、疑問的眼神看著他。

「我可以進去嗎？」

女人把門敞開，後退一步。

「你們還沒找到她嗎？」她問。

柯柏一言不發地進門。這層公寓看似是由兩個房間組成。外面那間有一張床，書架，書桌，電視，抽屜櫃，還有一張低矮的柚木桌，桌子兩側各有一張扶手椅。那張床鋪得很整齊，看來前晚沒有人在上面睡過。藍色床罩上有一個打開的行李箱，旁邊堆了幾疊摺得整齊的衣服。幾件剛剛熨過的棉布洋裝橫放在行李箱蓋子上。裡面那間的房門開著，柯柏瞥見房裡有個漆成藍色的書架，上面有一些書和玩具。書架上擺著一隻白色泰迪熊。

「我們先坐下來好嗎？」柯柏問，隨後就在其中一張扶手椅上坐下。

女人還是站著，問道：

「發生什麼事？你們找到她了沒？」

柯柏看得出她眼裡的憂懼和恐慌，於是試圖保持鎮定。

「是的，」他說，「請先坐下來，卡爾森太太。你丈夫呢？」

她在面對柯柏的那張扶手椅上坐了下來。

「我沒有丈夫。我們離婚了。伊娃呢？發生什麼事了？」

「卡爾森太太，我非常難過必須通知你。你的女兒已經死了。」

女人睜眼瞪著他。

「不，」她說，「不。」

柯柏站起來，走到她身邊。

「有沒有人能來陪你？你的父母？」

女人搖搖頭。

「這不是真的。」她說。

柯柏將手放在她的肩上。

「實在很令人難過，卡爾森太太。」他輕聲說。

「怎麼會這樣？我們正打算到鄉下……」

「我們還不確定，」柯柏回答。「我們想，她……她是被……」

「被殺？謀殺？」

柯柏點點頭。

女人閉起眼睛，坐得僵硬挺直。她張開眼睛搖著頭。

「不是伊娃。」她說。「那不是伊娃。你們沒……你們搞錯了。」

「沒錯。」柯柏說。「我真的十分抱歉，卡爾森太太。有沒有什麼人……我可以打電話通知的？我可以找誰來這裡？你的父母，或任何人。」

「不，不，不要找他們。我不要找任何人過來。」

「你的前夫呢？」

「他住在馬爾摩，我想。」

她面色土灰，眼神空洞。柯柏看得出她還沒理解發生了什麼事，她在心底已築起一道防線，不肯接受事實。他以前也見過同樣的反應，而且知道，一旦再也無法抵禦，她就會徹底崩潰。

「你的醫生是哪一位，卡爾森太太？」柯柏問。

「史特榮醫生。我們星期三才去看過醫生。伊娃肚子痛了幾天，因為我們要到鄉下，所以我想最好……」

她突然住口，舉眼望向裡面那間房。

「伊娃向來很少生病。她的肚子痛很快就好了。醫生認為只是腸胃有點發炎。」

她沉默了一會兒，然後又開口，不過聲音卻是非常輕柔，柯柏幾乎聽不清楚她的話：

「現在她都好了。」

柯柏看著她，不知所措，又自覺愚蠢。他不知道該說什麼或做什麼。她仍然坐在那裡，眼睛張得大大地盯著女兒的房間。當他還在焦急地思索該說什麼時，她突然起身用一種震耳的尖銳聲音喊出女兒的名字，隨即跑進裡面那間房。柯柏跟了上去。

房間裡的陳設明亮整潔。角落一隅立著一只塞滿玩具的紅色箱子，窄小的床鋪下方有一間老式的娃娃屋。一堆課本堆在書桌上。

女人坐在床沿，雙肘頂著膝蓋，臉埋在雙手間。她的身體前後搖擺，柯柏聽不出來她是不是在哭。

他看了她一會兒，然後走向門廳，先前他進門時看見那裡有一具電話。電話旁有一本通訊錄，裡頭果然有史特榮醫生的電話號碼。

柯柏向醫生解釋了情況，對方答應在五分鐘之內趕過來。

柯柏又回到房裡，那女人仍然像他離開時那般坐著。她沒有發出絲毫聲音。他在她身邊坐下來等待。起初他遲疑著，不知是否能碰觸她，但是過了一會兒之後，他謹慎地展臂圍抱著她的肩膀。她對於柯柏的存在似乎毫無知覺。

他們就這樣坐著，直到醫生按下門鈴的聲響打破寂靜。

8.

穿過瓦納第斯公園走回去時，柯柏汗流浹背。出汗的原因既非陡坡難行，也不是雨後悶熱，更不是因為他日益發福。總之，不完全是這些原因。

他和大多數必須處理這件案子的人一樣，還沒開始調查，就已經筋疲力竭。他想到這案子本身引起的罪惡感，想到必須承受如此莫名打擊的那些人。他經歷過這類案子，至於有多少次，一時之間也說不上來，但是，他確實知道這種事有多可怕，也知道要面對有多困難。

他也想到這個社會正在急速惡質化，若追根究柢，那是他自己和其他共存在這個社會裡的眾人共同造出的結果。他想到警方的辦案科技在過去這一年來已有飛快的進步；即便如此，罪犯似乎總是棋高一著。他暗忖，嶄新的調查技術和電腦或許能在數小時內讓本案兇嫌就擒，但是，這些傑出的科技對於——譬如說，他剛剛離開的那個母親——卻提供不了什麼慰藉，也撫慰不了他，或是那些此刻正苦著臉、趴在石塊和紅籬笆之間的樹叢底下，調查那具小小屍體的工作人員。

他只大略看到屍體，而且距離也不是那麼近，如果可能，他甚至寧可不要再看到那孩子。但是，他知道這是不可能的。那個穿著藍裙和條紋T恤的小身影，已經深深鐫刻在他心底，一如他過往見過的那些遺體，將永遠留在他心中，揮之不去。他想到掉落在陡坡上的那雙木底涼鞋，想到自己尚未出生的孩子，想到他的孩子九年後會是什麼模樣，想到這件罪案引發的恐懼和噁心感，想到晚報頭版報導會出現什麼內容。

此時，警戒線已封閉了那座黝黯、宛如要塞的水塔周圍，以及後面的陡坡和一直通往英格瑪斯路的階梯等全數區域。他穿過車陣，在警戒線旁停下，眺望有沙坑和鞦韆，卻空無一人的兒童遊樂場。

這種事以前發生過，而且日後必然還會再發生，這點他很清楚，只是，隨之而來的沉重感簡直令人難以負荷。前一次的案件爆發後，他們有了更多的電腦設備、人力，以及更多警車。自從上一次事故後，公園裡的燈光照明已有改善，大多數的樹叢也已清除。再下一次，他們會再有更多警車和電腦，而且樹叢還會變得更少。柯柏邊想邊擦著額頭，然而他的手帕早已濕透。

現場已經來了一些記者和攝影，所幸還沒有多少民眾圍觀。奇怪的是，這些年來，記者和攝影師的行為已經有所改善，這有部分得拜警方之賜。至於民眾好奇、喜歡圍觀的問題，則是永遠無解。

環繞水塔的整個區域儘管人來人往，氛圍卻是出奇安靜。遠方——可能是從游泳池或西維爾路的兒童遊樂場方向——隱隱傳來喧譁和兒童嘻笑的聲音。

柯柏依舊站在警戒線旁。他一言不發，也沒有人找他講話。

他知道凶殺組已接獲通知，搜索正在進行，鑑識組人員在調查案發現場，風化小組也受到徵召，中央辦公室已經組織妥當，等待民眾提供線索，有一支特勤小組正準備挨家挨戶詢問搜證，驗屍官嚴陣以待，每一輛巡邏車也都提高警覺，包括他自己在內，沒有任何警政資源此時是閒著沒事幹的。

然而，此時此刻，他仍忍不住反思。時值暑夏，有民眾在游泳，有地圖在握的遊客四處晃蕩，偏偏在石塊和紅籬笆之間的灌木叢底下，竟躺著一個死去的孩子。真糟糕，而且事情還可能會更糟。

又一輛車子——大概是第九或第十輛——正從史帝芬教堂那裡駛來，接著停了下來。柯柏沒完全轉過頭，就看見剛瓦德．拉森下車朝他走來。

「進行得如何？」

「不知道。」

「雨啊，整個晚上傾盆大雨。也許……」

真是難得，剛瓦德・拉森居然自己住口。過了一會兒，他又繼續說：

「他們要是有找到什麼足印，八成是我的。我昨晚在這兒，剛過十點鐘的時候。」

「哦？」

「那個搶劫犯。他打昏一個老太太，離這裡不到五十碼。」

「我聽說了。」

「她的水果蜜餞攤剛打烊，人正要回家。手提包裡是一整天的收入。」

「哦？」

「每一分錢都在包裡。現在的人真是瘋了。」剛瓦德・拉森說。

他又閉上嘴。然後對著石塊、灌木叢和紅籬笆那邊點頭說：

「那時候她一定也已經躺在那裡了。」

「大概吧。」

「我們來的時候已經開始下雨。而第九區的巡警在搶案發生前四十五分鐘曾經來過。他們沒看見什麼。當時，她一定也已躺在那裡了。」

「所以他們是來這裡找搶劫犯的。」柯柏說。

「是的。等到搶犯來到這裡，他們已經去理爾貞斯樹林巡邏。這已經是第九次了。」

「那個老太太怎麼樣？」

「叫了救護車趕緊送醫。受了驚，下顎斷裂，掉了四顆牙，鼻子也斷了。她只看見一個男人，臉上矇著一條紅色大手帕。這描述實在是活見鬼。」

剛瓦德．拉森又停了一下，然後說：

「如果有警犬的話……」

「什麼？」

「你的妙搭檔貝克，上禮拜在局裡，說我應該出動警犬車。也許警犬可以找到那小……」

他又對著石塊那邊點頭，彷彿不願意把話說出口。

柯柏不怎麼喜歡剛瓦德．拉森這個人，但是，這一次他倒是頗為同意。

「有可能。」柯柏說。

「是性犯罪嗎？」剛瓦德．拉森有些遲疑地問。

「可能吧。」

「若是這樣，兩案之間應該沒有關聯。」

「沒有，我想沒有。」

隆恩從警戒圈內朝他們走來，拉森馬上問他：

「是性犯罪嗎？」

「是的，」隆恩說，「看起來是，可說相當確定。」

「那麼就沒有關聯了。」

「和什麼沒有關聯？」

「搶劫。」

「進行得如何？」柯柏問。

「很糟，」隆恩說，「所有證物一定都被雨水沖走了。她全身濕透。」

「老天爺，真噁心，」拉森說，「兩個瘋子在同一時間、同一地點出沒，而且一個比一個惡劣。」

他把腳跟一轉，朝車子走去。他們聽見他講的最後一句話是：

「老天啊，這是他媽的什麼鬼工作。誰要當警察啊……」

隆恩看著他好一會兒。然後轉向柯柏說：

「可以麻煩你過來一下嗎，長官？」

柯柏深深嘆了一口氣，抬腳跨過警戒線。

馬丁・貝克到了週六下午、也就是他應該回去上班的前一天，才返回斯德哥爾摩。艾柏格到火車站跟他送別。

他在豪斯堡轉車，在車站的書報攤買了一份晚報。他將報紙摺好，塞進雨衣口袋，一直到上了從哥登堡來的特快車、安坐篤定了，才把報紙打開來看。

他一瞧見頭版標題，當場嚇了一跳。惡夢開始了。

他的惡夢比其他人晚了幾小時，不過，除此之外，別無差異。

9.

有些狀況是大家會竭盡所能避免，但終究還是躲不了的。或許，警察面對這種狀況的機會多過其他人，而且，這種狀況發生在某些警察身上的機率無疑又特別高。

明知她八歲的女兒被一個性變態勒死還不到二十四小時，還是得訊問這個名為凱琳・卡爾森的女人，便屬於這種情況。雖然注射了鎮定劑，也服了藥，但這個孤單的女子仍處於震驚當中。她精神恍惚，現在仍穿著和昨天一樣的棕色棉布家居服和涼鞋，當時有個她過去從沒見過、此後也不想再見到的胖警察來按門鈴。在訊問開始之前，警察面對的就是如此狀況。

兇殺組的督察知道，這個訊問絕不能拖延，更別想迴避，因為除了這個證人之外，他們沒有任何線索可追蹤。再者，驗屍報告還沒出來；即使沒有報告，他們多少也能預料到驗屍結果。

二十四小時前，馬丁・貝克還在划艇船尾，收起當天清早他和艾柏格撒下的魚網。此時，他卻站在國王島街調查總部的房間內，右手肘靠著檔案櫃，心情惡劣得連坐都坐不住。

他們事先考慮過，這次訊問由女警執行比較妥當，於是便找來風化組的一位偵查員。她大約四十五歲，名叫席維雅・葛蘭柏格。就某些方面而言，這是非常好的人選。這位和身穿棕色家居服的女人面對面而坐的女警，外表看起來就和她剛啟動的錄音機一樣寧靜。

四十分鐘後，她關掉錄音機，神情仍然不見絲毫改變，而且訊問全程沒有表現出任何支吾、遲疑的態度。稍後當馬丁・貝克和柯柏以及其他幾位偵查員重聽一次錄音時，他再度注意到這一點。

葛蘭柏格：卡爾森太太，我知道這對你而言很難承受，但很不幸，有些問題我們還是得問你。

證人：好。

葛：你的姓名是凱琳・伊利莎白・卡爾森？

證：對。

葛：你是何時出生的？

證：七……一九三……

葛：能否請你回答時盡量對著麥克風？

證：一九三七年，四月七日。

葛：你的婚姻狀況？

證：什麼……我……

葛：我是指，你是單身、已婚，還是離婚？

證：離婚。

葛：何時離婚的？

證：六年前，將近七年了。

葛：你前夫的姓名？

證：西格華德．艾立克．柏提爾．卡爾森。

葛：他住在哪裡？

證：馬爾摩市……我是說他的戶籍在那裡……我想應該是。

葛：應該是？你不知道嗎？

馬丁．貝克：他是個船員，我們還沒找到他。

葛：做丈夫的不是應該支付自己女兒的扶養金嗎？

貝：對，那當然，但他好像已經有好幾年沒付了。

證：他……從來沒有真的關心過伊娃。

葛：你女兒的姓名是伊娃・卡爾森？沒有其他名字？

證：沒有。

葛：她生於一九五九年二月五日？

證：是。

葛：能否請你盡可能精確地告訴我們，星期五晚上發生的事情？

證：發生……沒發生什麼。伊娃……出去玩。

葛：幾點鐘的時候？

證：七點過後沒多久。她原本是在看電視，那時我們吃過晚飯了。

葛：幾點吃晚飯？

證：六點鐘，我們向來都在六點鐘我回家後吃晚餐。我在燈罩工廠上班……會在回家路上去托兒所接伊娃回家。她下午放學後會自己過去那兒……然後我們在回家路上去買菜……

葛：她晚飯吃了什麼？

證：肉丸子……能不能給我一點水？

葛：當然可以。在這兒。

證：謝謝。肉丸子和馬鈴薯泥。我們飯後還吃了冰淇淋。

葛：她喝了什麼？

證：牛奶。

葛：然後你們做什麼？

證：我們看了一會兒電視……兒童節目。

葛：她是在七點或七點出頭時出門？

證：是的。那時候雨停了，電視正要報新聞。她對新聞沒什麼興趣。

葛：她自己一個人出門嗎？

證：是的。你……你知道，那時候天還很亮，而且學校也開始放假了。我告訴她可以在外面玩到八點。你覺得……我是不是太大意了？

葛：當然不會，絕對沒有這個意思。而後你就沒再看到她了？

證：沒有……直到……不，我沒辦……

葛：認屍時？我們不用談那個。你什麼時候開始覺得擔心？

證：我不知道，我隨時都在擔心。只要她一不在家，我就會擔心。你知道，她……

葛：但你是在什麼時候開始找她？

證：八點半之後我才開始找。她有時挺粗心的，會和玩伴玩得太晚，忘了注意時間。你知道，小孩子一玩起來……

葛：是的，我了解。你什麼時候開始找人？

證：大約八點四十五分的時候。我知道她常去找兩個同年紀的玩伴。我打給其中一位的父母，可是無人接聽。

貝：那一家人去他們的避暑別墅度週末了，不在家。

證：這我不曉得。我想伊娃也不知道。

葛：然後你做了什麼呢？

證：另外一個女孩的父母家中沒電話。所以我就直接過去看看。

葛：當時是什麼時間？

證：我到的時候一定是已經九點過後，因為外面的大門鎖住了，我等了一會兒才進去。我得在外面等人來開門。伊娃剛過七點那時去過他們家，但那女孩的家人不准她出門。她父親說，他覺得那個時間小女生單獨出門太晚了。（停止片刻）

證：老天爺，要是我沒讓……可是外面天色還很亮，而且到處有人走動。要是我沒……

葛：你女兒馬上就離開那裡嗎？

證：是的，她說她要去遊樂場。

葛：你認為，她指的是哪個遊樂場？
證：瓦納第斯公園那個，在西維爾路上。她都是去那裡玩。
葛：她不會是指另一個遊樂場嗎，水塔旁邊那個？
證：我想不會。她從沒去過那地方，更別說是自己一個人去。
葛：你想，她是否有可能遇見其他玩伴？
證：我不知道還會有哪些人。她向來只跟那兩個女孩玩。
葛：那麼，你在另外這戶人家那兒沒找到她，接下來做了什麼？
證：我……我跑去西維爾路那個遊樂場。那裡空無一人。
葛：然後？
證：我不知道該怎麼辦。我回家去等，站在窗口等她。
葛：你是在什麼時間報警的？
證：再更晚一點。十點五分或十分，我看見警車開過來停在公園旁，然後又來了一輛救護車。那時又開始下起雨，於是我穿上外套跑過去。我……我和現場的一個警察講話，但他說是一個老太太受了傷。
葛：在那之後，你又回家去了嗎？

證：是的。我看見屋裡的燈亮著，我好高興，因為我以為是她回來了。結果只是我自己出門時忘了關燈。

葛：你是在幾點報警的？

證：到了十點半，我再也按耐不住。我打電話給一個朋友，一個我上班認識的女同事，就住在荷卡蘭街。她叫我馬上報警。

葛：根據記錄，你是在十點五十分打給我們。

證：是的。然後我就到警察局去。在瑟布斯路的那個。他們非常好，非常親切。他們要我告訴他們伊娃長什麼樣子……長什麼樣子，還有穿什麼樣的衣服。我帶了一張照片過去，這樣他們才知道她的長相。他們非常和善。做筆錄的那個警察說，有很多小孩子迷了路，或是在朋友家待太久，但通常一兩個小時過後都會安全回家。而且……

葛：怎麼樣？

證：而且他說，如果發生什麼事，不管是意外或什麼的，那時他們也應該知道了。

葛：你又回到家裡時是幾點鐘？

證：那時已經過十二點了。我熬夜等了……整晚。我在等人打來。警察……他們有我的電話號碼，你知道，可是都沒有人打來。總之，我又打了過去。但接電話的人說，他已經有

我的電話號碼，如果有必要，他會立刻打給我……（停了一下）

證：可是都沒有人打來，完全沒有，到早上也沒有。然後，一個便衣警察來……說……說……

葛：我想我們不需要談那一段。

證：嗯，好，不要。

貝：你女兒以前曾經碰過一兩次所謂的性騷擾犯，對不對？

證：對，去年秋天，有兩次。她說她認得那個人是誰。是和愛芙住在同一棟公寓的人，愛芙就是那個家裡沒有電話的朋友。

貝：住在綠地路的那個？

證：是的。當時我報了警。我們來到這裡，也就是這間警局，他們叫我女兒把所有經過都講給一位女士聽。他們也拿了很多照片給她看，一本很大的相簿。

葛：所有的記錄都還在。我們把檔案調出來了。

貝：我知道。但我要問的是，伊娃後來有沒有再被這個人欺負過，在你報過案之後？

證：沒有……據我所知沒有。她沒再提過……她有事都會告訴我……

葛：好吧，我們到此為止，卡爾森太太。

證：好，是的。

貝：請原諒我這麼問，你現在要去哪裡？

證：我不知道。我不想回家……

葛：我陪你出去，我們可以談談。我可以想想法子。

證：謝謝你，你人真好。

柯柏關掉錄音機，一臉沉重地看著馬丁・貝克說：

「那個去年欺負她的渾蛋……」

「怎麼樣？」

「就是隆恩現在正在樓下忙著對付的傢伙。我們昨天中午立刻把他抓來了。」

「然後？」

「我們截至目前只不過占了電腦科技的優勢而已。他只是一直微笑，說不是他幹的。」

「結果查到什麼？」

「當然什麼也沒有。他沒有不在場證明。他說他在綠地路的家裡睡覺。他說記不清楚了。」

「記不清楚？」

「那傢伙是個百分之百的酒鬼，」柯柏說，「總之，我們知道他當天曾經到羅達柏傑餐廳喝酒，一直待到大約六點鐘時被趕出來。看起來對他很不利。」

「上回他做了什麼事？」

「暴露。依我看，他只是一般的暴露狂。我這邊有和那個女孩談話的錄音帶。又是科技的一次勝利。」

門打開，隆恩走了進來。

「怎麼樣？」柯柏問。

「到目前為止什麼也沒有。必須讓他休息一下，他看起來筋疲力盡了。」

「你也是。」柯柏說。

他說得沒錯，隆恩看起來異常蒼白，而且雙眼紅腫。

「你認為呢？」馬丁．貝克問。

「我不知道要想什麼，」隆恩回答，「我想我快生病了。」

「病可以之後才生，」柯柏回答，「但現在不准。我們來聽聽這捲錄音帶。」

馬丁．貝克點點頭。錄音機的轉軸又開始動起來。一個悅耳的女聲說：

「訊問女學生伊娃．卡爾森，出生日期一九五九年二月五日。執行警官索妮雅．韓森偵查員。」

馬丁・貝克和柯柏兩人都皺起眉頭，因而錯過隨後的幾個句子。這個名字和聲音對他們來說簡直再熟悉不過。索妮雅・韓森就是將近兩年半前，在警方誘捕行動中被派來當誘餌，因而差點喪命的那名女警。

「她竟然還繼續留在警界，真是奇蹟。」柯柏說。

「的確。」馬丁・貝克同意道。

「安靜。我聽不見。」隆恩說。

他沒有參與那次行動。

「所以這個男人向你走過來？」

「是的。愛芙和我正站在公車站。」

「他做了什麼？」

「他聞起來很臭，而且走路的樣子很奇怪，他說……他說的話真好笑。」

「你記得他說什麼嗎？」

「記得，他說：『哈囉，小女孩，我給你們五克朗，你們幫我打碰碰好不好？』」

「你知不知道他那句話是什麼意思，伊娃？」

「不知道，可是聽起來真好笑。我知道什麼是碰碰，因為有時候在學校坐我隔壁的女孩子會跟我玩碰手肘。可是，那個男人為什麼要我們碰他的手肘？他又不是坐著在寫字啊，而且……」

「然後你做了什麼？在他講了那句話以後？」

「他重覆講了好幾次。然後就走掉了，我們就跟蹤他。」

「跟蹤他？」

「對，偷偷跟在後面，就像電影或電視演的那樣。」

「你好大膽。」

「嗯，沒什麼好怕的嘛。」

「哦，當然有，伊娃，你應該提防那種人。」

「嗯，他不危險啊。」

「你看到他往哪條路走了嗎？」

「看到了，他走進愛芙住的那棟公寓，上到比她家高兩層的地方，接著拿鑰匙開門進去。」

「然後你們兩個就回家了嗎？」

「哦，沒有。我們偷爬上去，看他的門。上面有他的名字，你知道。」

「是的，我知道。他叫什麼名字？」

「應該是艾立克森。我們還從他的投信孔偷聽到他在自言自語。」

「你有沒有告訴你媽這件事？」

「嗯，這又沒什麼。但實在很好玩。」

「可是你確實告訴你媽媽昨天發生的事了？」

「關於牛的嗎，有啊。」

「那是同一個男人嗎？」

「呃——是的。」

「你確定？」

「應該是吧。」

「你認為這個男人多大年紀？」

「哦，至少二十歲吧。」

「你覺得我大概幾歲？」

「哦，大概四十，或五十。」

「這個男人比我老還是年輕，你想想看？」

「喔，老多了，老太多太多了。你幾歲？」

「二十八。好吧，那你能不能告訴我昨天發生什麼事？」

「呃，愛芙和我在門口玩跳房子，他走過來站在那裡說：『來，跟我上來，小妹妹，來看我擠牛奶。』」

「這樣啊。然後他做了什麼？」

「嗯，他房間裡才不可能有牛，不會是真的牛。」

「你和愛芙說了什麼？」

「哦，我們沒說什麼。但是後來愛芙說，真不好意思，因為她綁頭髮的緞帶鬆了，所以不管是誰的家她都不能去。」

「然後那個男人就回家了嗎？」

「沒有，他說：『好吧，那我就只好在這裡擠牛奶了。』然後他就解開褲子……」

「是嗎？」

「你覺得，要是愛芙的髮帶沒有鬆掉，我們是不是可能會被謀殺？真刺激……」

「不，我想不會。你說那個男人解開褲子？」

「對，然後他把那個男生噓噓用的東西拉出來……」

柯柏伸手關掉錄音機，那清晰稚嫩的聲音在句子講到一半的地方被切掉。馬丁．貝克看著他。他用左手撐著頭，指關節摩挲著鼻子。

「這件事有趣的地方是……」隆恩開口說。

「你他媽的在說什麼啊！」柯柏吼道。

「嗯，他現在承認了。他在這之前死不承認，而兩個女孩到後來越來越不確定是他，所以這件事也就沒有著落。但是現在他招認了。他說他兩次都喝醉酒，否則他才不會做這種事。」

「哦，所以現在他承認了。」柯柏說。

「對。」

馬丁・貝克用疑問的眼光看看柯柏，然後轉頭對隆恩說：

「你昨晚都沒睡，是嗎？」

「是的。」

「那你最好回家補個眠。」

「我們要放這個傢伙走嗎？」

「不行，」柯柏說。「不能放他走。」

10.

這個男子的確叫艾立克森，是個貨倉工人，而且不必是專家也看得出他是個酒鬼。他六十歲，高個子，禿頭，憔悴。他全身都在痙攣發抖。

柯柏和馬丁．貝克質問了兩個小時，他從頭到尾都是一副卑猥可鄙的模樣。對於那些相同而又令人作嘔的細節，他一次又一次地承認。其間還不斷啜泣哽咽，對天發誓說他週五下午離開餐館後就直接回家了。總之，他什麼都不記得。

經過兩小時的盤問，他承認自己在一九六四年七月偷過兩百克朗，而且在十八歲時偷過一輛腳踏車。後來他就只是一味地嗚咽。這傢伙是個人渣，被原來就疑忌他的世界放逐，如今是全然孤伶伶的一個人。

柯柏和馬丁．貝克沉著臉看著他，把他送回牢裡。

同時間，偵查部門和第五分局的人員也到綠地路查問，看看是否有人能證實或推翻艾立克森的不在場證明。結果是徒勞無功。

當天下午四點鐘出爐的驗屍結果還只是初步報告。報告中提到有勒頸、脖子上的指紋和性暴力等痕跡。至於強暴證據則尚未完全建立。

除此之外，報告內容可說都是無用的線索。沒有跡象顯示小女孩曾有任何反抗機會。指甲底下找不到皮膚殘留物，雙臂和雙手也沒有任何瘀傷，只有腹部下方有些許傷痕，似乎是因為拳頭擊打所造成。

鑑識部門檢查了她的衣物，並未發現不尋常的現象。然而，她的內褲不見了，他們到處都找不到。她的內褲是白棉製品，尺寸六號，是個知名品牌。

到了下午，在附近逐門訪問的辦案人員已發出五百份問卷。其中只有一份的回答引起他們的興趣。一個名叫梅肯・詹森的十八歲女孩——住在西維爾路一〇三號公寓，是一名商人的女兒——說她和她同齡的男朋友曾在八點到九點間，在瓦納第斯公園裡待了大約二十分鐘。她不確定確切的時間。他們沒有看見什麼，也沒有聽見什麼。

被問及他們在瓦納第斯公園做什麼時，她回答，他們原來是出席一場家庭晚餐派對，當時只是出去透透氣。

「透透氣啊……」米蘭德別有意味地說。

「顯然是讓兩腿中間那裡透氣。」剛瓦德．拉森說。

拉森曾經當過海軍，現在仍是後備軍人，他喜歡不時發揮一下自己低俗的幽默感。

•

時間一小時、一小時地緩緩流逝。調查工作持續進行著。馬丁．貝克回到位於巴卡莫森的自宅，已是週一拂曉一點過後。家人都在睡覺。他從冰箱取出一罐啤酒，做了一個起司三明治。然後，他喝掉啤酒，把三明治丟進垃圾桶。

他上了床後，躺著想了一會兒，想著一個叫艾立克森的酗酒貨倉工人，三年前從他同事的外套裡偷走兩百克朗。

•

柯柏睡不著。他躺在黑暗中瞪著天花板。他也在想那個在風化組留有案底、名叫艾立克森的男子。他也想著，如果在瓦納第斯公園犯下殺人罪的那個人沒有前科，那麼，電腦科技對他們而言，就和美國警方當年在追緝那個波士頓勒頸魔時沒啥兩樣；換句話說，毫無用處。當時，波士頓勒頸魔在兩年內行凶殺了十三人，受害者全是孤身一人的女子，沒有留下絲毫線索。

他不時看看妻子。她在睡覺，但肚裡的寶寶每踢一腳，她就會動一下。

11.

此時是週一下午，距離發現瓦納第斯公園的女孩遺體之後，已經過了五十四個小時。

警方透過報紙、廣播和電視，呼籲民眾提供援助，截至目前已有逾三百條線索湧入。每一條線索，都由一個特別小組進行登記檢查，之後並詳細研究結果。

風化組緊密搜查既有檔案，證物檢驗室不放過犯罪現場任何一個小物件，電腦的使用達到最高負荷量，刑事組逐一拜訪鄰近人家，有嫌疑者和可能的證人都一一受到質詢，然而這一切全無結果。兇手身分依然不明，而且逍遙法外。

馬丁·貝克桌上的文件越疊越高。他從一大早就開始研究源源不絕而來的報告和詢問記錄。電話一直響個不停。為了稍有機會喘息，他叫柯柏在隨後一個小時內替他接聽電話。剛瓦德·拉森和米蘭德僥倖不必接聽來電；他們在辦公室裡閉門過濾證物。

馬丁·貝克昨晚只睡了短短幾個小時，而且為了出席記者會，連午飯也略過，但他們透露給記者的消息非常有限。

他打了個呵欠，瞧了一眼時間，驚覺此時已是三點十五分。他收拾起一堆屬於米蘭德部門的文件，敲敲門，走進米蘭德和拉森工作的辦公室。

他進門之際，米蘭德的頭抬都沒抬。他們已經共事很久了，他認得出出馬丁・貝克的敲門聲。剛瓦德・拉森看了馬丁・貝克手裡那疊文件一眼，說道：

「老天爺，你怎麼又拿了一堆來。我們這邊已經做不完了。」

馬丁・貝克聳聳肩，把文件堆放在米蘭德的肘邊。

「我去弄點咖啡，」他說，「你們要嗎？」

米蘭德眼也沒抬地搖搖頭。

「好主意。」剛瓦德・拉森說。

馬丁・貝克走出來，在身後關上門，和正好疾步走來的柯柏撞了個正著。馬丁・貝克看出柯柏的圓臉上一臉慌張，便問：

「你怎麼了？」

柯柏抓住他的臂膀，話講得快到所有字音幾乎全連在一起。

「馬丁，又來了！他又犯案了！在坦托朗登公園。」

警車一路鳴笛駛過西橋，他們從無線電聽到，所有目前無勤務在身的巡邏車全都趕往坦托朗登公園，準備封鎖現場。馬丁・貝克和柯柏離開總局之前得到的消息是，有人發現一個女孩陳屍在露天劇場附近，情況和瓦納第斯公園謀殺案非常相似。而且屍體發現的時刻距離犯案時間很近，兇嫌或許還沒逃遠。

他們駛過仁肯斯丹運動場時，看見幾輛黑白兩色的警車彎進渥馬伊斯古路。另外有一兩輛停在環狀路和公園裡。

他們把車子停在盾牌街的一排木造老屋外。通往公園的道路已被一輛裝有無線電天線的車子堵住。他們看見一個穿制服的警官，正在步道上阻擋幾個想登上小山丘的孩童。

馬丁・貝克快步走向那位警官，把柯柏丟在後面奮力追趕。警官向他敬禮，指指公園裡面。馬丁・貝克繼續向前。公園的地形十分陡峭，一直要等到穿過劇場，爬過陡坡，他才看見有一群人背對著他，圍成半圓形站在那裡。他們站在離道路大約三十碼的一個低窪地。稍遠，一個穿制服的警察正在岔路處阻擋好奇的民眾。

正當他往下坡走去時，柯柏終於趕上。他們聽見下方的警察在講話，但是當馬丁・貝克和柯柏一走近，眾人卻靜默下來。警員們敬過禮後便退到一旁。馬丁・貝克聽到柯柏還在氣喘吁吁。

女孩仰躺在草地上，彎曲的兩隻臂膀擺在頭的上方。她的左腿彎著，膝蓋向一旁抬得相當高，以至於大腿和身體形成直角。右腿直直地從軀體斜伸出去。她的臉部朝上，眼睛半闔，嘴巴張開，有血從鼻孔滴流下來。一條泛黃的透明塑膠跳繩繞成好幾圈，緊緊紮在她的脖子上。她穿著一件前排開釦的黃色無袖棉布洋裝。最底下的三顆釦子已經被扯掉。她沒穿褲子，腳上穿著白襪和紅涼鞋，看起來大約十歲。顯然已經死了。

馬丁・貝克在還承受得了的幾秒內觀察所有細節。然後，他轉頭看向馬路。兩個鑑識部門派來的人員正沿著斜坡跑下來。他們穿著灰藍色的連身工作服，其中一個提著一只灰色大鐵箱，另一個一手拿著一捲繩索，另一手提著黑色袋子。他們趨近現場時，拿繩索的那個人喊道：

「哪個把車停在路中央的王八蛋，快去移車，我們才能把車開上來。」

他隨後瞥了那死去的女孩一眼，往下跑到道路分叉處，開始拿繩索封鎖那個區域。

一個穿皮夾克的巡警站在路旁對著無線電講話，一個便衣人員則站在他旁邊聆聽。馬丁・貝克認得那個便衣人員。他叫曼寧，編制在第二分局的保安組。

曼寧看見馬丁・貝克和柯柏，隨即和手持無線電的巡警說了幾句話，便朝他們走來。

「現在整個區域差不多都封鎖了，」他說，「該封的都封了。」

「發現多久了？」馬丁．貝克問。

曼寧看看手錶。

「從第一輛警車抵達到現在，二十五分鐘。」他說。

「沒有任何線索可追查？」柯柏問。

「很不幸，沒有。」

「是誰發現的？」馬丁．貝克問。

「幾個小男孩。他們叫住一輛正好開過環狀路的巡邏車。他們抵達時，她的身體還是溫熱的。看起來才沒多久。」

馬丁．貝克放眼四周。鑑識部門的車子正要開下斜坡，後面緊跟著法醫的車。

從小孩屍體所在的低窪地，看不見距此往西大約五十碼的山丘後面有個小菜園。樹梢頂端之上是坦托路一棟房子的上面樓層，但是隔開街道和公園的那條鐵路則被樹叢給遮住。

「他還真會挑地方，全斯德哥爾摩沒有比這個地點更好下手的。」馬丁．貝克說。

「你的意思是，沒有比這裡更壞的地點。」柯柏說。

柯柏說得對。即使害死小女孩的那個人還在這個區域，他仍然有很好的脫逃機會。此地是市區內最大的公園。緊貼著坦托朗登公園的是一連串的小菜園和小平房，再往下靠近阿斯塔維肯沙灘一帶，則是一長排零零落落的小型泊船頭、倉庫、工廠、廢物場，和一些東倒西歪的木造小屋。渥馬伊斯古路正好橫切過從環狀路到沙灘的那片區域，而高坡戒酒中心正矗立在渥馬伊斯古路和鹿角街之間，這是由幾棟散置的大型建築物組成的機構。這些建築物周圍還有更多的倉庫和小木屋。在戒酒中心和仁肯斯丹運動場之間又有一大堆小菜園。一座橫跨鐵路上方的陸橋，連接起公園的南面和坦托路，而坦托路上又有五棟大型公寓立在瀕臨水邊的石岸上。在更遠的環狀路街角，還有由一排低矮、零散的小木屋組成的工人招待所。

依馬丁・貝克估算，整個情況幾乎毫無指望了。他看不出能如何在此地、此時逮到兇手。首先，他們連這人長什麼樣子都不知道；其次，此人這時一定早就逃之夭夭；再者，他們光是在戒酒中心和工人招待所這兩處，就能找到一大堆形跡可疑的人，單單訊問就得花上好幾天。

他的疑慮在下一個小時得到證實。法醫完成初步檢查，只說女孩遭到勒頸，可能遭到強暴，死亡時間離現在相當近。警犬車在馬丁・貝克和柯柏抵達之後沒多久也來到現場，可是警犬嗅到的異味，最遠也只引領他們出了公園、來到渥馬伊斯古路而已。保安組的便衣警察忙著查詢可能的證人，但目前仍無結果。公園和附近的小菜園都有人走動，卻無人曾看到或聽到任何可能涉及謀殺的跡象。

四點五十分，環狀路的人行道上站著一群人，好奇地觀察警察在做一些顯然是像無頭蒼蠅般的工作。記者和攝影師川流不息，有一些已經回去編輯室，準備要為讀者提供斯德哥爾摩三天之內第二樁女童謀殺案的生動描繪，而犯案的瘋子依然逍遙法外。

馬丁・貝克看見柯柏的圓臀露在一輛停在靠近環狀路碎石地的警車車門外。他從一群記者當中脫身，走向柯柏，柯柏的上身正伏在車內對著無線電講話。他等柯柏講完後，捏了一下他的屁股。柯柏從車子裡退出來，挺直身子。

「哦，是你。我還以為是哪隻警犬呢。」

「有人去通知女孩的父母嗎？」馬丁・貝克問。

「有，」柯柏回答，「幸好不用我們去。」

「我想去和那幾個發現她的男孩子談談。他們住在坦托路那邊。」

「行，」柯柏說，「我會留在這兒。」

「好。回頭見。」馬丁・貝克說。

•

男孩們就住在坦托路上那幾棟弓形大公寓的其中一棟，馬丁・貝克發現兩人都在家。這次的可怕經驗讓他們仍然驚魂未定，同時卻也掩不住滿腔的興奮感。

他們告訴馬丁・貝克自己如何在公園玩時撞見那女孩的遺體。他們當下就認出那個女孩，因為她也住在同一棟公寓。那天稍早，他們曾看到她在公寓後面的遊樂場。她和兩個與她同齡的女孩在那裡玩跳繩。由於其中有個女孩正好和這兩個男孩同班，所以他們告訴馬丁・貝克，她的名字叫麗娜・歐斯卡森，十歲，就住在隔壁公寓。

隔壁公寓看起來就和兩個男孩住的那棟一模一樣。他搭上快速的電梯來到七樓，按下門鈴。門在一會兒之後打開，但立刻又關上。他在門縫打開的那一瞬間什麼人也沒看到。他再按下門鈴。門立即打開，這次，他終於明白他為何第一次什麼都沒看見。站在門裡的小男孩看起來大概只有三歲，亞麻髮色的頭大約在馬丁・貝克眼下一碼的地方。

小男孩放開門把，用高亢而清晰的聲音說：

「嗨，午安。」

接著他跑進屋裡，馬丁・貝克聽見他叫著：

「媽咪！媽咪！有大人來。」

大約半分鐘後，男孩的媽媽出現在門口。她一臉焦慮，狐疑地看著馬丁・貝克，他趕緊出示自己的警證。

「我想和你女兒談談，如果她在家的話，」他說，「她知道發生什麼事了嗎？」

「你是說安妮卡的事？是的，我們剛從鄰居那裡得知。真可怕。大白天的，怎麼會發生這種事？請進。我去叫麗娜。」

馬丁．貝克跟著歐斯卡森太太走進客廳。除了家具外，屋內的隔間和他方才離開的那間屋子一模一樣。小男孩一臉好奇地站在客廳中央看著他，表情正如他的預期。小男孩手裡握著一把玩具吉他。

「柏希，你進去房間玩。」他媽媽說。

柏希充耳不聞，而她似乎也沒指望孩子會聽進去。她走向前，清理靠著陽台窗戶的那張沙發上的玩具。

「家裡亂七八糟的，」她說，「坐吧，我去叫麗娜。」

她走出客廳。馬丁．貝克對著小男孩微笑。他自己的兩個孩子已經十二歲和十五歲了，他早就忘記如何和一個三歲小孩搭話。

「你會彈那把吉他嗎？」他問。

「不彈，」小男孩說，「你彈。」

「不，我不會彈。」

「會，你彈。」小男孩堅持。

歐斯卡森太太走進來，把小男孩和吉他一把抱起，一臉堅決地將孩子抱離開。他又叫又踢，她媽媽轉頭說：

「我一會兒就回來。你可以和麗娜談。」

先前那兩個男孩曾說麗娜今年十歲。以她的年紀來說，她長得相當高，雖然有點不高興的樣子，但是長相相當漂亮。她穿著牛仔褲、棉質襯衫，害羞地跟他點點頭。

「坐，」馬丁・貝克說，「坐下來比較好講話。」

她在扶手椅的邊緣坐下，膝蓋緊緊併攏。

「你叫麗娜，是嗎？」他說。

「對。」

「我叫馬丁。你知道發生了什麼事嗎？」

「知道，」女孩看著地板，「我聽……媽告訴我的。」

「我知道你一定很難過，可是我得問你一兩個問題。」

「好。」

「今天稍早，你和安妮卡在一起，是嗎？」

「對，我們在一起玩。烏拉、安妮卡，還有我。」

「你們在哪裡玩？」

她向窗戶點一點頭。

「先是在這下面的院子。後來烏拉得回家吃午飯，所以安妮卡和我就回我家裡。然後，烏拉又來叫我們，於是我們就又出去了。」

「去哪裡？」

「去坦托朗登公園。我得帶著柏希一起去，因為那裡有鞦韆，他喜歡盪鞦韆。」

「你知道當時是幾點嗎？」

「哦，一點半，可能快兩點了。媽可能知道。」

「所以你們就到坦托朗登公園。你有沒有看到安妮卡在那裡碰到誰？有沒有某個男人跟她講話什麼的？」

「沒有，我沒看到安妮卡和任何人講話。」

「你們在坦托朗登公園做什麼？」

女孩向窗外望了一會兒，彷彿在回想。

「我想想看……我們在那裡玩。首先我們去盪鞦韆，因為柏希要去。然後我們玩了一下跳繩。接著，我們去攤子那裡買冰淇淋。」

「公園裡面有沒有其他小孩？」

「我們在的那個地方沒有。哦，對了，沙坑裡有幾個很小的小孩子。柏希去那裡跟人家搗蛋。可是一會兒之後，小朋友就和他們的媽媽走了。」

「買了冰淇淋以後，你們做什麼？」馬丁・貝克問。

他聽見歐斯卡森太太的聲音從另外一個房間傳來，還有小男孩生氣的尖叫聲。

「我們只是隨便走走。安妮卡接著就鬧起彆扭。」

「鬧彆扭？為什麼？」

「哦，她就是這樣。烏拉和我要玩跳房子，可是她不要。她想玩捉迷藏，可是有柏希在，根本不能玩。他會到處跑，跟每個人說你藏在哪裡。所以她不高興就跑掉了。」

「跑去哪裡？她有沒有說要去哪裡？」

「沒有，她沒講。她就這樣跑掉，烏拉和我在畫方格要玩跳房子，所以我們沒看見她跑去哪兒。」

「你們沒看見她往哪個方向去嗎？」

「沒有，我們根本沒想哪麼多。我們玩跳房子，過了一會兒，我注意到柏希不見了，接著發現安妮卡也不見了。」

「你有沒有去找柏希？」

女孩低下頭看著自己的雙手，過了一陣子才回答。

「沒有。我以為他和安妮卡在一起。他常常跟在安妮卡後面跑。她向來……她沒有自己的弟弟妹妹，所以對柏希非常好，通常都這樣的。」

「然後呢？柏希回來了？」

「對，他一會兒之後回來了。我想他可能就在附近吧，雖然我們沒看到他。」

馬丁·貝克點點頭。他想抽根菸，但是看屋裡沒有菸灰缸，便忍了下來。

「你認為安妮卡那時跑哪兒去了？柏希有沒有說他去了哪裡？」

女孩搖搖頭，一揪淡色的鬈髮落在前額。

「沒有，我們以為她回家了。我們沒有問柏希，他也沒說什麼。然後他開始不聽話，我們就回家了。」

「你知不知道安妮卡不見當時是幾點？」

「不知道，我沒有手錶。不過，我們到家的時候是三點。我們跳房子沒玩很久，大概只有半個鐘頭吧。」

「你們在公園裡有沒有看到其他人？」

麗娜把頭髮撥回去，皺皺眉。

「我們沒注意。總之，我沒看到就是了。對了，有個女人和她的狗也在那裡待了一會兒。臘腸狗。柏希想摸狗，所以我得過去把他帶開。」

她一本正經地看著馬丁・貝克。

「他不可以摸狗，很危險的。」

「你沒注意到公園裡還有什麼人嗎？回想看看，也許會想起來？」

她搖搖頭。

「沒有。我們在玩，而且我得隨時盯著柏希，所以根本沒去注意公園裡還有什麼人。大概有一些人經過吧，可是我不曉得。」

這時，隔壁那間房安靜下來，歐斯卡森太太走來。馬丁・貝克站了起來。

「你可以給我烏拉的姓名和地址嗎？」他對女孩說，「我要走了，但是我可能得再跟你談談。如果你回想起公園裡曾經發生或你看到什麼，能不能請你媽媽打個電話給我？」

他轉身面對歐斯卡森太太。

「有可能是一些看似不太重要的枝節小事，」他說，「但是，要是她想起什麼，請打個電話過來，我會感激不盡。」

他把名片遞給她。她在一張紙上寫下第三個女孩的姓名、地址和電話，然後交給他。

接著，他回去坦托朗登公園。

鑑識部門的人還在露天劇場下面的低窪地工作。太陽已經落得很低，在草地上投下長長的陰影。馬丁．貝克一直待到女孩的遺體被抬走，才開車回到國王島街的總局。

「這次他也把女孩的內褲帶走了。」剛瓦德．拉森說。

「對，」馬丁．貝克說，「白色，六號尺寸。」

「真是狗雜種。」拉森說。他邊用筆掏耳朵邊說，「你那些四隻腳的朋友對這個案子有何意見？」

馬丁．貝克一副不以為然地看著他。

「我們該把這個叫艾立克森的人怎麼辦？」隆恩問。

「放他走。」馬丁．貝克說。

沒隔幾秒，他又補上一句：

「但別讓他走太遠。」

12.

六月十三日，星期二，警方在上午對本案做了一次整體評估；目前為止，依循各項調查的結果，破案希望並不大。對媒體發布的簡短聲明也做出相同結論。兩次刑案現場的周遭區域，都由直升機從上空拍照；民眾提供的線索約有一千條，目前正一一追蹤中；所有的暴露狂、偷窺狂，以及警方所知曾經有違風化的人物，也都受到盤問；有一名嫌疑人遭到拘留，訊問第一起刑案發生時的個人行蹤，但這個人目前已獲釋。

每一個人，甚至包括記者和攝影師，也都因為睡眠不足和工作過度而耗盡精氣。

評估之後，柯柏對馬丁．貝克說：

「有兩個證人。」

馬丁．貝克點點頭。他們倆走進剛瓦德．拉森和米蘭德的辦公室。

「有兩個證人。」馬丁．貝克說。

米蘭德眼睛仍盯著手上的文件，頭根本沒抬起來，但是拉森說：

「媽的，真的嗎？是誰？」

「第一個，在坦托朗登公園的那個男孩。」

「三歲大的那個？」

「沒錯。」

「風化組的小姐們試著跟他談，但這孩子甚至連話都不會講。這情況你跟我一樣清楚，就和上次你叫我去盤問狗的時候如出一轍。」

馬丁・貝克對他的評語和柯柏的驚愕表情完全置之不理。

「第二個呢？」米蘭德問，頭依然沒抬。

「那個搶劫犯。」

「他在我的管轄範圍內。」剛瓦德・拉森說。

「沒錯，把他抓起來。」

剛瓦德・拉森大力往椅背一靠，旋轉椅發出一陣嘎吱聲。他瞪了馬丁・貝克一眼，又瞪著柯柏說：

「聽著，你們以為我、還有第五和第九區的小組這三個禮拜都在做什麼？下跳棋不成？你們是在暗示我們不夠努力嗎？」

「你們確實很努力，但現在情況不同，你們現在非抓到他不可。」

「你他媽的要我們怎麼做？現在怎麼去抓人？」

「那個搶劫犯很內行，」馬丁．貝克說，「你自己這麼說過。他攻擊的對象有哪個是沒帶錢的？」

「沒有。」

「他有哪次攻擊的對象是有自我防衛能力的？」柯柏問。

「沒有。」

「有哪一次警組夥伴正好在附近？」馬丁．貝克問。

「沒有。」

「那麼理由是什麼？」柯柏又問。

剛瓦德．拉森沒有立即回答。他用筆掏耳朵掏了許久才說：

「因為他很內行。」

「這你說過了。」

剛瓦德．拉森又想了很久。然後他問：

「十天前，你在這裡那時，本來開口要說些什麼，但後來又改變主意沒說出口。為什麼？」

「因為當時你打斷我的話。」

「你當時要說什麼？」

「他要說的是，我們應該研究那些搶案的時間表，」米蘭德說，頭還是沒抬，「也就是有系統地分析他的作案方式。這我們已經做了。」

「還有一點，」馬丁・貝克說，「就像萊納剛才暗示的。這個搶劫犯是很有技巧的高手，很內行，這是你自己的結論。他的段數高到甚至認得出警組的人——或許連車子都認得出。」

「那又怎樣？」剛瓦德・拉森說，「你的意思是，就為了這個下流胚子，我們得改變整個他媽的編制不成？」

「你可以從外部找人手，」柯柏說，「女警也可以考慮。用別種車子。」

「總之現在已經太遲了。」拉森說。

「的確，」馬丁・貝克同意，「現在已經太遲了。但就另一方面來說，對我們而言，抓到他卻是當務之急。」

「只要殺童兇手還逍遙在外，那傢伙連看都不會去看公園一眼。」剛瓦德・拉森說。

「的確。最後一次搶劫發生在何時？」

「九點至九點十五分之間。」

「謀殺案呢？」

「七點到八點之間。喂，你為什麼站在那裡一直問一些我們都知道的事情？」

「抱歉。也許我是想說服自己。」

「說服什麼？」

「說服自己搶劫犯曾經看見那個小女孩，」柯柏說，「還有殺死她的那個人。這個搶劫犯不像是會隨興所至下手的人。我們可以假定，每次做案前，他都得在公園裡晃蕩好幾個小時，才能逮到機會；否則，他的運氣還真是好。」

「這種運氣不存在，」米蘭德說，「不會接連九次。五次或許還可能，或者六次。」

「抓到他。」馬丁．貝克說。

「而且拜託他良心發現，哼？這樣他就會來自首？」

「那也是一個可能。」

「是的。」米蘭德接起電話說著。

他聽了一會兒，然後說：

「派一輛巡邏車去。」

「什麼要緊的事？」柯柏問。

「沒有。」米蘭德說。

「良心，」剛瓦德・拉森邊說邊搖頭，「你對黑社會的無知和天真，真是……嗯，我找不到可以用什麼字眼形容。」

「這時候我才他媽的不在乎你要找什麼字眼，」馬丁・貝克惱火地說，「去把那個傢伙抓來。」

「用誘餌。」柯柏說。

「你以為我沒……」剛瓦德・拉森才開口，難得他也有自己住嘴的時候。

「不管他人在哪裡，」馬丁・貝克說，「不管是在加納利群島，或藏身在南邊的哪個毒窟。用誘餌，而且要大用特用。利用我們在黑社會的每一條管道，利用報紙、廣播和電視。威脅、賄賂、哄騙、巴結，任何手段都可以，只要把那個傢伙抓到就行。」

「你以為我沒想到嗎？」

「你知道我對你的智商有何看法嗎？」柯柏沉著臉說。

「是的，我知道，」剛瓦德・拉森好脾氣地說，「好吧，那我們就來清桌子好辦事。」

他抓起話筒。馬丁・貝克和柯柏走出房間。

「也許這次會成功。」馬丁・貝克說。

「也許。」柯柏回答。

「剛瓦德不像外表看起來那麼笨。」

「是嗎？」

「呃……萊納。」

「怎樣？」

「你是哪裡不對勁？」

「你哪裡不對勁，我就哪裡不對勁。」

「怎麼了？」

「我害怕。」

馬丁・貝克沒有回答。一部分是因為柯柏說得沒錯，另一部分是因為他們倆已經相識這麼久了，沒有必要事事明說。

心有同感，他們倆下了樓，走出警局。那輛紅色的SAAB轎車掛的雖然是省的車牌，但仍屬於斯德哥爾摩警察總局所有。

「那個小男孩叫什麼名字來著？」馬丁・貝克若有所思地說。

「柏・歐斯卡森。他們都叫他柏希。」

「我只和他見了一下子。誰跟他談過？」

「應該是席維雅，或是索妮雅。」

街上相當空曠，而且暑氣逼人。他們駛過西橋，轉下波參得運河，然後繼續沿博山河岸開下去，一路聽著四十米波長的無線電吵雜通話聲。

「半徑五十哩內任何一個他媽的無線電火腿族，都能偷聽到這個頻道，」柯柏沒好氣的說，「你知道，要過濾一個私人無線電發報機得花多少錢嗎？」

馬丁・貝克點點頭。他聽說費用在十五萬克朗之譜。他們沒有這種經費。

事實上，他們此刻掛念的是截然不同的事情。上一次必須發動全部警力追緝的謀殺犯，費了他們四十天才抓到人。而最近一次類似的案子，則花了十天破案。現在，這個殺人犯在不到四天內連續兩次作案。米蘭德說，那個搶劫犯有可能走運個五、六次。相當有可能吧。如果把這個可能性引用到眼前這殺人案，那麼，能預見的不再是一個數據，而是一片恐怖的景象。

他們駛過李耶荷橋底下，沿著翁西圖河濱大道開，穿過鐵路的路橋下方，轉進曾是舊糖廠所在的住宅區。公寓樓房周圍的花園裡有幾個孩子正在玩耍，但人數不多。

他們停好車，搭電梯上了七樓。按下門鈴，但無人前來應門。一會兒過後，馬丁・貝克再按下隔壁住戶的門鈴。一個女人打開一條門縫。他瞥見在她背後有個五、六歲的小女孩。

「警察。」柯柏出示證件，鄭重地說。

「噢。」女人說。

「你知道隔壁歐斯卡森這一戶有人在家嗎？」馬丁．貝克問。

「不在，他們今天早上走了。去某個親戚家。我是說太太和小孩。」

「哦，抱歉打攪……」

「不是每個人都有辦法——」女人插嘴，「我的意思是，避開這裡。」

「你知道他們去哪裡嗎？」柯柏問。

「不知道。可是他們星期五早上會回來。我想，他們馬上又會離開。」她看看他們，解釋道：

「他們的假期那時候才開始。」

「那位男主人目前還在家？」

「是的，今天晚上會在。你們可以那時再打電話找他。」

「明白了。」馬丁．貝克說。

小女孩不耐煩地扯扯她母親的裙子。

「小孩子很容易就不耐煩，」她說，「不能讓他們出去。還是，你覺得沒有關係？」

「最好不要。」

「可是有的人非得出門不可，」女人說，「很多小孩子根本不聽話。」

「是的，很不幸。」

他們一語不發地搭電梯下樓。又一語不發地向城北駛去。他們意識到自己的無力感，感覺到自己對這個他們要保護的社會愛恨交織。

他們轉進瓦納第斯公園，被一個既不認得他們、也不認得他們車子的制服警員擋下。公園裡沒有什麼可看。除了不管出了那種事、也還在現場玩耍的幾個孩童，還有永不疲憊、好奇窺伺的民眾。

當他們開到歐丁路和西維爾路的交口時，柯柏說：

「我好渴。」

馬丁・貝克點點頭。他們停下車，走進都會餐館點了果汁。吧台坐著兩名男子。他們脫下的外套就擱在吧台椅凳上，從這種不尋常的舉動就可想見天氣有多熱。他們正在喝威士忌加蘇打，啜飲之間還熱烈地談話。

「那是因為沒有適當的處罰，」比較年輕的那個男子說，「要處以絞刑才對。」

「沒錯。」比較老的那位同意。

「很遺憾非得這麼說不可，但這是唯一的辦法。」

柯柏張口想講句什麼，但又改變主意，一口灌下整杯果汁。

馬丁．貝克當天稍晚又聽到一次類似的意見。當他去香菸攤買菸時，在他前面的那個人說：

「……而且啊，一旦他們逮到這個混帳，你知道應該怎麼做嗎？應該公開行刑，在電視上播映，而且不能讓他馬上死翹翹。不行，要連續數日一分一秒慢慢凌遲。」

那個人離開之後，馬丁．貝克問：

「那人是誰？」

「他的名字叫史考格，」賣香菸的說，「在隔壁開電器行，是個正派的傢伙。」

馬丁．貝克回到總局時心中暗忖，不久前，世人還在以斬手處罰竊賊，但大家還是照樣偷，而且越偷越凶。

晚上，他打電話給柏．歐斯卡森的父親。

「英格麗和孩子們嗎？我把他們送去歐蘭德鎮她娘家。不，那裡沒有電話。」

「他們何時會回來？」

「星期五一早。我們那天下午就要出國了。我們不敢留在這裡。」

「不會吧……」馬丁．貝克憂心地說。

這是發生在六月十三日星期二的事情。

星期三，沒有發生任何事。天氣越來越熱了。

13.

星期四，十一點過後沒多久，事情有了轉機。馬丁・貝克以右肘靠著檔案櫃的一貫姿勢站在那裡，聽著電話響起，這是今天早上至少第五通來電了。剛瓦德・拉森接聽：

「拉森……什麼……行，我馬上下來。」

他站起來對馬丁・貝克說：

「是門房。樓下有一個女孩子，說她有事情通報。」

「關於什麼？」

拉森已經走到門口。

「那個搶劫犯。」

一分鐘後，女孩已經坐在辦公桌旁。她應該還不到二十歲，可是看起來老氣橫秋。她穿著紫色網襪、魚口高跟鞋和迷你裙。她的乳溝相當顯眼，染過色的髮型更是引人側目；睫毛是假的，而眼影塗得像是厚泥抹壁。她的嘴巴小而噘，雙乳被胸罩擠得老高。

「你知道什麼？」剛瓦德・拉森立即問道。

「你們想知道的、他在伐沙公園和瓦納第斯公園等地的勾當，」她傲慢地說，「總之，我是這麼聽說的。」

「不然你來這裡還有什麼其他目的？」

「別催我。」她把頭一揚說道。

「你知道什麼？」拉森不耐煩地問。

「我覺得你這人的態度很衝耶，」她說，「真可笑，警察就是這麼他媽的不上道。」

「如果你是為了賞金而來，那可要失望了。」拉森說。

「賞金你自己留著吧。」女子說。

「你是為什麼而來？」馬丁・貝克盡可能溫和地說。

「我可是不愁吃穿的。」她說。

顯然她是來出鋒頭的──至少一部分是如此──而且不會被輕易打發掉。馬丁・貝克看得出拉森的額頭上已經青筋暴突。女孩說：

「總之，光要比吸引人的注意力，我就比你高竿。」

「是啊，就憑你的……」拉森正要脫口說出，又自知檢點地住嘴，然後繼續說：

「我想，我們少談幾句你是靠什麼賺錢的比較好。」

「你再講那種話，我就走人。」她說。

「你哪裡都走不成。」拉森頂撞回去。

「這是一個自由國家，不是嗎？一個民主國家或叫什麼來著？」

「你為什麼來這裡？」馬丁・貝克問道，口氣僅比上次稍微嚴肅一些。

「這就對了。你真想知道，可不是嗎？瞧你耳朵都豎起來了。我看我還是什麼都不講就走人比較好。」

幸虧有米蘭德解開死結。他抬起頭，從嘴裡取下菸斗。從女孩進房以來，他終於第一次正眼看向她，然後低聲說：

「請你告訴我們吧，親愛的？」

「關於他在瓦納第斯公園、伐沙公園和……」

「是的，要是你真的知道什麼的話。」米蘭德說。

「然後我就可以走了嗎？」

「當然。」

「以信譽保證嗎？」

「以信譽保證。」米蘭德回答。

「而且你們不會告訴他……」她聳聳肩，像是自言自語：

「嗯哼，反正他還是猜得到。」

「他叫什麼名字？」米蘭德說。

「羅夫。」

「姓什麼？」

「蘭德葛來恩。羅夫・蘭德葛來恩。」

「他住在哪裡？」剛瓦德・拉森問。

「火繩匠街五十七號。」

「他現在人在哪裡？」

「就在那裡。」她說。

「你怎麼確定他就是我們要找的人？」馬丁・貝克問。

他看見女孩眼裡閃著光，驚訝地發現那竟然是眼淚。

「我還有什麼不知道的……」她喃喃地說。

「所以你和這個傢伙的關係已經很親密了。」拉森說。

她瞪著他，沒有回答。

「房門上貼的是什麼名字？」米蘭德問。

「西蒙森。」

「那是誰的房子？」馬丁．貝克問。

「他的，羅夫的。我想。」

「這說不通。」拉森說。

「我猜，他是跟二房東轉租的。你想他會笨到把自己的名字貼在門上嗎？」

「他是不是通緝犯？」

「我不知道。」

「是不是亡命在逃？」

「我不知道。」

「哦，不是的，你當然知道，」馬丁．貝克說，「他是不是逃獄的犯人？」

「不是，他不是。羅夫從來沒有被逮捕過。」

「這次就會了。」剛瓦德．拉森說。

她惡狠狠地瞪著他，眼睛是濡濕的。拉森又朝她丟出一連串問題。

「火繩匠街五十七號？」

「對。我剛剛不就這麼講了嗎？」

「是面對街道那一棟，還是穿過院子的那一棟？」

「穿過院子。」

「哪一樓？」

「二樓。」

「房子有多大？」

「就一間房。」

「還有廚房？」

「沒有，沒廚房。只有一間房。」

「幾個窗戶？」

「兩個。」

「面對院子嗎？」

「才不是，還可眺望海景呢！」

剛瓦德·拉森嫌惡地咬著下唇，額頭上的青筋再度浮現。

「好吧，」米蘭德說，「他有一間二樓的套房，有兩扇窗面對院子。你確定他現在人就在那裡？」

「對，」她說，「我確定。」

「你有鑰匙嗎？」米蘭德客氣地問。

「沒有，他只有一把鑰匙。」

「他一向會把門鎖著嗎？」馬丁・貝克問。

「這我可以拿命跟你賭——他一向如此。」

「門是向裡推，還是朝外開？」剛瓦德・拉森問。

她很專注地想。

「向裡推。」

「很確定？」

「對。」

「面向院子的那邊有幾層樓？」馬丁・貝克問。

「嗯，四層樓吧。」

「一樓有什麼嗎？」

「一家工作坊。」

「從窗戶看得見入口大門嗎？」拉森問。

「看不見，只看得到波羅的海，」女孩回嘴道，「也看得到一點點市政府，還看得到大皇宮呢。」

「夠了，」拉森火大了，「把她帶出去。」

女孩擺出蠻橫的姿態。

「等一下。」米蘭德說。

房間裡一片肅靜，剛瓦德・拉森態度觀望地看著米蘭德。

「我可以走了嗎？」女孩問，「你答應過的。」

「可以，」米蘭德答道，「你當然可以離開。只是我們得先查證你的話是真是假，這是為了你好。嗯，還有一件事。」

「什麼？」

「他現在不是獨自在家裡吧，呃？」

「不是。」女孩的聲音非常低。

「對了，你叫什麼名字？」剛瓦德・拉森問。

「關你屁事。」

「把她帶走。」剛瓦德．拉森說。

米蘭德站起來，打開通往隔壁房的門說道：

「隆恩，我們這裡有一位女士，你介不介意讓她跟你坐一會兒？」

隆恩出現在房門口。他的眼睛和鼻子都紅通通的，對眼前的情況一目了然。

「沒問題。」

「擤擤鼻子吧。」拉森說。

「我可以給她咖啡嗎？」

「好主意。」米蘭德說。

他替她把著門，有禮貌地說：

「這邊請。」

女孩起身走出去。到了門口她停下來，給剛瓦德．拉森和馬丁．貝克一個尖苛的冷眼。顯然他們沒有贏得她的歡心。馬丁．貝克心想，我們的基本心理訓練有問題。

然後，女孩看著米蘭德，緩緩問道：

「誰會負責去逮捕他？」

「我們，」米蘭德和善地說，「這是警察的份內工作。」

她動也不動，繼續看著米蘭德。最後才說：

「他很危險。」

「有多危險？」

「非常危險，他會開槍殺人，可能甚至對我都會下手。」

「他這種日子不多啦。」剛瓦德・拉森說。

她沒理會拉森。

「他房裡有兩把半自動步槍，已裝了子彈，還有一把手槍。他說過……」

馬丁・貝克沒說話，他期待米蘭德會接腔，同時盼望剛瓦德・拉森不要多嘴。

「他說過什麼？」米蘭德問。

「說他絕不讓人活捉。我知道他是當真的。」

她仍然站在那裡不動。

「就這樣。」她說。

「謝謝你。」米蘭德說道，等她走後把門關上。

「哈。」剛瓦德・拉森說。

「弄張拘捕令來，」門一關上，馬丁．貝克立刻說，「還有，把市區平面圖拿出來。」

米蘭德透過電話辦理合法的拘捕手續，這通簡短的電話都還沒說完，市區藍圖就已經鋪在眾人面前的桌上。

「可能會相當難搞。」馬丁．貝克說。

「對。」剛瓦德．拉森同意。

他打開抽屜，拿出公務手槍，放在手裡考量了一會兒。馬丁．貝克和多數瑞典便衣警察一樣，隨時都帶著一把裝在肩帶的手槍，以備執勤時的不時之需。至於剛瓦德．拉森，他則給自己弄來一種特別的夾子，可將槍袋裝在褲腰帶上。把手槍掛在右臀邊上後，他說：

「行了，我要親手逮人。走吧？」

馬丁．貝克若有所思地望著剛瓦德．拉森。拉森比他高了至少半顆頭，而且此刻更因為站著，更顯巨大。

「這是唯一的辦法，」拉森說，「要不然還有什麼法子？想想看，你要讓一群傢伙手握半自動步槍和催淚瓦斯彈、身穿防彈背心，跑進大門，穿過院子，然後讓他像個瘋子一樣，對著窗外和樓梯間開火。或者，你要自己或警察署長或首相，還是國王，站在那裡對著麥克風叫嚷：『你被包圍了，最好投降吧。』」

「從鑰匙孔灌催淚瓦斯進去。」米蘭德說。

「那也是個辦法，」剛瓦德・拉森說，「可是我看不太理想。鑰匙也許就插在鎖孔上頭。不，還是便衣人員在街上看守，兩個傢伙進去就好。走吧？」

「當然。」馬丁・貝克說。

馬丁・貝克寧可找柯柏和他一起去，但這個搶劫犯無疑是剛瓦德・拉森的人犯。

火繩匠街位在斯德哥爾摩一個叫做諾曼斯的區域。那是一條又長又窄的街道，主要建築都很老舊。這條街從南邊的布倫斯路，延伸到北邊的歐丁路，建築物靠街面的一樓有許多工坊，穿過院子那一面的房舍多半是破落的住家。

不到十分鐘，他們就已經抵達現場。

14.

「可惜你沒帶電腦來，」剛瓦德・拉森說，「不然就可以用電腦把門砸破。」

「是。」馬丁・貝克說。

他們把車停在法官路上，轉過街角，看見幾個同仁部署在靠近五十七號入口處的人行道上。警察的到來似乎沒有引起任何人注意。

「我們進去吧……」剛瓦德・拉森才開口，馬上又停下來。

他可能突然想到自己的階級比較低，因為他看看腕錶說：

「我建議我先進去，半分鐘後你再進來。」

馬丁・貝克點點頭，過街站在古斯塔夫・布隆汀珠寶店的櫥窗前，望著一座美得出奇的落地老鐘，看著指針搖了三十下。然後，他提起腳跟，無視交通狀況地斜穿過街，走進五十七號的入口大門。

他沒有抬頭看窗戶就穿過院子，打開通往樓梯間的門，迅速安靜地上樓。樓下的工坊傳來沉悶的機器敲擊聲。

屋子門上的油漆斑剝；果然沒錯，上面掛的名牌是「西蒙森」。門內沒有任何聲響，挺直不動站在門右邊的拉森也沒有發出絲毫聲音。他的手指輕輕劃過門縫。

然後，他以詢問的眼神看看馬丁・貝克。

馬丁・貝克只對門瞥了一兩秒，隨即就點點頭。他站到門的左邊，繃緊肌肉，背靠著牆。雖然高頭大馬，但穿著橡膠底涼鞋的剛瓦德・拉森移動起來卻是十分迅速、無聲。他將右肩靠在正對門口的那面牆，緊繃地站了幾秒。顯然，他已經確定鑰匙插在門內的匙孔上，而羅夫・蘭德葛來恩的私人世界再也無法維持多久了。馬丁・貝克還來不及轉過念頭，剛瓦德・拉森就已經稍稍弓著背，左肩朝前地把他兩百磅的體重往門上撞去。

門嘩啦一聲破開，門鎖和鉸鏈都被撞斷，剛瓦德・拉森在一片飛揚的碎片中隨著衝力撞進房間。馬丁・貝克僅距半碼緊隨在後，順勢急速地踏入房門，而且手槍高高在握。

搶劫犯仰面躺在床上，右手臂繞在一個女人的脖子底下，但是他馬上抽手，身體一翻，上身彎向地板，一手探向床底。剛瓦德・拉森一拳揮過去，搶劫犯此時已經跪在地板上，右手正貼著半自動步槍的金屬長柄。

剛瓦德・拉森只是赤手空拳打了他那麼一下，而且力道不算大，但已經足以讓搶劫犯丟下武器，頭昏眼花地往後面的牆壁撞去，而後，他就坐在那裡，用左手臂護衛自己的臉。

「別打我。」他說。

他全身赤裸。一秒鐘後從床上跳起來的女人也是一絲不掛，全身只有手腕上戴著一只格紋錶帶的手錶。她在床的另一邊，背靠牆，呆若木雞地站著；她看看地板上的半自動步槍，又看看那個穿著斜紋軟呢西裝的大個子男人。她完全無意遮掩自己的胴體。她是個漂亮的女孩子，短髮，雙腿修長。年輕的乳房上有著大而淺棕色的乳頭，暗色條紋顯眼地從肚臍延伸到私處附近一撮濡濕、深棕色的恥毛附近。她兩邊胳肢窩下也各有一撮豐茂的深色腋毛。她的大腿、手臂和胸部已經起滿雞皮疙瘩。

樓下的工坊有一名男子跑上來，正從破損的大門朝內窺探。

馬丁·貝克被現場尷尬的情況震攝住了，這是這幾個星期以來他首次發覺自己嘴角竟忍不住抽搐了一下。光天化日之下，他正站在房子中央，拿著一把七點六五厘米的華特手槍對著兩個全裸的人，後面還有一個穿著藍色木匠圍裙、右手拿著一把量尺的男子，站在那裡一臉訝異地看著他。

他把手槍拿開。一個警察出現在房門外，叫工匠離開。

「幹什麼！」女孩驚呼。

剛瓦德・拉森一臉厭惡地看著她說：

「把衣服穿上，」隨即又加上一句，「如果你有衣服的話。」

他伸出右腳踩住半自動步槍，瞥了搶劫犯一眼說：

「你也是。把你的衣服穿起來。」

搶劫犯是一個肌肉結實、體格健美的男子，除了大腿根上一圈窄細的雪白外，全身其他地方都曬成好看的古銅色，臂上和腿上長滿淡色長毛。他慢慢挺起身，右手擋在自己的陽具前面說：

「那個該死的小臭婊子。」

另一名警察進到房間，當場傻眼。女孩仍然動也不動，手指頭全開，掌心貼牆地站著，但是棕色眸子裡的神情顯示她已經漸漸回過神來。

馬丁・貝克環顧四周，看見餐桌後披著一件藍色棉布洋裝。椅子上還有一件三角褲、胸罩和一只拉繩式的提袋。椅下地板上有一雙涼鞋。他把洋裝遞給她，問道：

「你是誰？」

女孩伸出右手接過洋裝，但沒有立刻穿上。她清澈的棕眼珠盯著他說：

「我的名字是麗絲白・賀德維格・瑪麗亞・卡爾斯卓姆。你是誰？」

「警察。」

「我在斯德哥爾摩大學念現代語言，剛考完英文期末考。」

「你在大學裡學的就是這樣嗎？」剛瓦德．拉森頭也不轉地說。

「我去年就已成年了，而且我有戴避孕套。」

「你認識這個人多久了？」馬丁．貝克問。

女孩還是沒打算穿上衣服。她反而看看手錶說：

「剛好兩小時又二十五分鐘。我是在瓦納第斯游泳池認識他的。」

在房間的另一個角落，那個男子正七手八腳地穿上內褲和卡其長褲。

「也沒什麼看頭可以向女士們展示展示的嘛。」剛瓦德．拉森說。

「你這個人很粗魯。」女孩說。

「你這麼認為啊？」

剛瓦德．拉森說出這句話時，視線並未離開搶劫犯。他從頭到尾只看了女孩子一眼。

「襯衫穿上。」他像做爸爸一樣催促搶劫犯。「現在穿上襪子，還有鞋子。這樣才是乖孩子。」

兩個穿制服的巡警走進房間。他們先是將眼前景致欣賞了一番，而後才帶走搶劫犯。

「請穿上衣服吧。」馬丁．貝克對女孩子說。

她這才終於套上那件洋裝，走到椅子那邊，穿上三角褲，把腳套進涼鞋。她把胸罩捲起來，收進拉繩提袋裡。

「他做了什麼事？」她問。

「他是個性變態。」剛瓦德・拉森說。

馬丁・貝克看見她的臉色轉為蒼白，嚥了一口口水。她懷疑地看著他。他搖搖頭。她又嚥了一口，遲疑地說：

「我是不是……」

「沒必要。只要把你的姓名和住址留給外面的警員就可以了。再見。」

女孩子走出去。

「你竟然讓她走了！」剛瓦德・拉森訝異地的說。

「是的。」馬丁・貝克回答。

然後，他聳聳肩說：

「我們來把四處清查一下吧，如何？」

15.

五個小時之後，也就是五點半時，除了他的名字叫做羅夫・艾維特・蘭德葛來恩這事之外，羅夫・艾維特・蘭德葛來恩什麼也不承認。

他們已經在他周圍各處站過，也在他對面坐過。他抽了他們一根又一根的菸，錄音機轉了又轉，他的名字還是叫做羅夫・艾維特・蘭德葛來恩，而且這名字本來就印在他的駕照上。

他們對他一再盤問，問了又問，馬丁・貝克、米蘭德、剛瓦德・拉森、柯柏、隆恩，甚至連現任督察長哈瑪都曾經進來看過，而且用詞謹慎地和他談過一兩句，但他的名字仍然是羅夫・艾維特・蘭德葛來恩，而且，本來在他的駕照上就印有這個名字。唯一引起他不快的狀況，是隆恩打噴嚏時沒用手帕摀嘴。

詭異的是，如果整件事只牽涉到羅夫個人，那麼就算他在每次盤問、每次審判以及服刑期間都一直喊冤，他們也不會在乎，因為在他那間套房和衣櫥裡，警方不但發現兩把半自動步槍、一把史密斯・韋森三八口徑特製手槍，還發現了絕對能證明他涉及四起搶案的物證。另外再加上大手帕、網球鞋、胸前口袋有英文字母的套頭尼龍衣、兩千顆迷幻藥、銅製手指虎，以及幾台偷來的照相機。

六點鐘時，羅夫・艾維特・蘭德葛來恩、凶殺組的馬丁・貝克督察和斐德利克・米蘭德偵查員，坐在那裡一起喝著咖啡。三個人都加了兩顆白糖，對著紙杯啜飲，大家看起來一樣陰鬱、疲累。

「荒謬的是，這件事要是只攸關你一個人，我們現在早就可以回家了。」馬丁・貝克說。

「我不懂你這話是什麼意思？」蘭德葛來恩說。

「我的意思是說，愚蠢的是……」

「哎，別再來煩我。」

馬丁・貝克沒有回答。他坐著不動，看著那被逮的男子。米蘭德也沒說話。

六點十五分，馬丁・貝克喝光已經冰冷的咖啡，將紙杯捏成一團丟進字紙簍。

他們好說歹說，使盡威脅恐嚇和利誘等各種手段；他們試圖幫他請律師，還花了十分鐘問他要不要吃東西。事實上，除了毆打以外，他們什麼法子都試過了。馬丁・貝克注意到，剛瓦德・拉森有幾次已經被逼到想使用暴力手段，但是他終究明白，毆打嫌犯不會有什麼好處，尤其是督察和署長會在這個房間進進出出時。最後，剛瓦德・拉森實在受不了，就回家去了。

六點半，米蘭德也回家了。隆恩進來坐下。羅夫・艾維特・蘭德葛來恩說：

「把那條髒手帕拿遠一點。我可不想感染到你的細菌。」

身為僅具二流想像力和二流幽默感的二流警察隆恩，一時突發奇想，想成為犯罪史上第一個利用打噴嚏來逼供的質詢警官，但想想後還是忍了下來。

馬丁・貝克心想，當然了，最普通的手段就是不睡覺，跟嫌犯硬撐到底。但是，他們有時間跟他耗下去嗎？這個穿著綠T恤和卡其長褲的男子，看起來似乎不睏，而且甚至沒提到睡覺這件事。唉，反正遲早他們還是得讓他休息的。

「今天早上來局裡的那位小姐——」隆恩用這句話當開場白，然後打了個噴嚏。

「那個該死的臭婊子。」嫌犯喃喃自語，隨即墜入一片頹喪的沉默中。

過了一會兒，他說：

「她說她愛我，說我需要她。」

馬丁・貝克點點頭。過了一分鐘，男子接著又講：

「我不愛她。說我需要她，就像我需要頭皮屑一樣可笑。」

少無聊了，馬丁・貝克想著。可是他沒說話。

「我喜歡體面的女孩子。」蘭德葛來恩說。「我真正想要的是一個體面、像樣的女孩子。結果竟然因為這樣被逮，真感謝那個愛吃醋的臭婊子。」

一片寂靜。

「她只在一件事上面有用。」

當然，馬丁·貝克心裡想著，可是這回你錯啦。三十秒鐘後，穿綠T恤的男子說：

「好吧。」

「那我們現在來談談吧。」馬丁·貝克說。

「可以。不過，有件事我可是要聲明在先。星期一那檔事，那個婊子有我的不在場證明。就是坦托朗登公園那次。當時我和她在一起。」

「這點我們已經知道。」隆恩說。

「你們知道？哦，所以她已經告訴你們了。」

「對。」隆恩說。

馬丁·貝克瞪著隆恩，隆恩竟然沒想到該讓局裡所有人知道這個簡單的事證。他忍不住說：

「很高興知道這點。這排除了蘭德葛來恩的嫌疑。」

「是的，確實如此。」隆恩平靜地說。

「那我們來談吧。」馬丁·貝克說。

蘭德葛來恩瞇著眼睛看他。

「不是我們。」他說。

「你這話什麼意思？」

「不是你，我不要跟你談。」蘭德葛來恩解釋道。

「那要跟誰談？」馬丁·貝克耐著性子問。

「跟抓我的那個傢伙，那個高個子。」

「剛瓦德呢？」馬丁·貝克問。

「回家了。」隆恩嘆口氣答道。

「打給他。」

隆恩又嘆了一口氣。馬丁·貝克心裡明白為什麼。剛瓦德·拉森住在波莫拉，一個南邊很遠的郊區。

「他需要休息，」隆恩說，「他已經累了一天，為了逮捕眼前這種大惡棍。」

「閉嘴啦。」蘭德葛來恩說。

隆恩打了一個噴嚏，然後伸手拿起電話筒。

馬丁·貝克到另一個房間打電話給哈瑪。對方馬上問：

「可以排除蘭德葛來恩這個人的謀殺嫌疑嗎？」

「隆恩今天稍早問過他的情婦。她似乎能給出他在坦托朗登公園謀殺案當時的不在場證明。至於上週五瓦納第斯公園那件，當然，他不是嫌犯。」

「我懂了，」哈瑪說，「你個人的看法呢？」

馬丁・貝克遲疑一下才回答。

「我想他不是兇手。」

「你思考過他不是兇手？」

「我看不出他有這種可能性。沒有契合的證據。撇開週一那起案子的不在場證明不談，他不是那種類型。就性方面來說，他似乎相當正常。」

「原來如此。」

現在似乎連哈瑪也有點煩躁了。馬丁・貝克回到原來的房間。隆恩和蘭德葛來恩在一片死寂中坐著。

「你真的不吃點東西嗎？」馬丁・貝克問。

「不要。」蘭德葛來恩說。「那個傢伙什麼時候會到？」

隆恩嘆了口氣，兀自擤著鼻子。

16.

剛瓦德・拉森走進房間。從接到電話到現在，時間正好過了三十七分鐘，他手裡還握著計程車收據。自從上次見面後，他已經刮了鬍子，換上乾淨的襯衫。他在面對羅夫・蘭德葛來恩的桌子另一邊坐下，折好車資收據，放進右邊最上層抽屜。現在，他準備好加入瑞典警察每年必須付出的兩百四十萬小時加班時數。然而，依照他的職級，隨後這幾個小時的工作能否得到加班費，委實難說。

一開始，拉森有好一會兒都沒開口。他先忙著準備錄音機、記錄簿和鉛筆。會形成這種沉默，無疑是因為某種心理因素，馬丁・貝克看著這位同事，心裡這麼想。他不喜歡剛瓦德・拉森，對隆恩也沒有太高的評價。但是就心理層面來說，他對自己的評價也不高。柯柏覺得害怕，哈瑪似乎煩躁不已，每個人都疲累至極，而且隆恩還患上感冒。無論是步行或開車，許多巡邏員警也都工作過度，體力透支。他們當中也有一些人覺得害怕，當然，感冒的也不是只有隆恩。

而且，在斯德哥爾摩和其周圍郊區，此刻有超過一百萬人膽戰心驚著。

追緝行動已進入第七天，但目前仍無成果。

照理說，他們是社會的中流砥柱。

這算什麼中流砥柱。

隆恩擤了鼻子。

「好吧。」剛瓦德・拉森說道，毛茸茸的大手按在錄音機上。

「逮到我的原來是你啊。」羅夫・艾維特・蘭德葛來恩以近乎崇敬的口吻說。

「是的，」剛瓦德・拉森說，「沒錯。但這不是什麼特別值得驕傲的事。這是我的工作。我每天都要逮捕幾個像你這樣的流氓。下禮拜，我大概就把你忘得一乾二淨了。」

這話當然不假，然而如此當頭棒喝似的開場白，顯然效果十足。這個叫做羅夫・艾維特・蘭德葛來恩的男子的氣勢似乎因此矮了半截。

剛瓦德・拉森按下錄音機。

「你叫什麼名字？」

「羅夫・艾維特・蘭德葛來恩。」

「出生年月日？」

「是喔。」

「不要耍嘴皮子。」

「一九四四年一月五日。」

「出生地?」

「哥登堡。」

「哪一區?」

「藍德比。」

「父母叫什麼名字?」

得了吧，剛瓦德，馬丁·貝克心想。你有好幾個星期可以搞這些無聊問題。我們真正感興趣的只有一件事。

「有無前科?」剛瓦德·拉森問。

「沒有。」

「有沒有上過正規學校?」

「沒有。」

「我們主要是對一兩個細節有興趣。」馬丁·貝克插嘴。

「我他媽的不是早就說過，我只跟他談?」羅夫·艾維特·蘭德葛來恩說。

剛瓦德·拉森面無表情地看看馬丁·貝克，接著說：

「你從事什麼職業？」

「職業？」

「是的，你有吧，我猜？」

「嗯……」

「你怎麼稱呼自己？」

「生意人。」

「你認為自己從事的是什麼生意？」

馬丁·貝克和隆恩互換了一個認命的眼神。要搞上好一陣子了。真的搞了好一段時間。

一小時又四十分鐘後，剛瓦德·拉森說：

「我們主要是對一兩個細節有興趣。」

「我想也是。」

「你已經承認六月九日傍晚，你曾經去過瓦納第斯公園，那是……上星期五吧？」

「對。」

「而且你在晚間九點十五分，在那裡犯下一起暴力搶劫案。」

「是。」

「受害人是希爾朵．梅格納森，一個店鋪主人。」

「是的。」

「你是在幾點抵達公園？」隆恩問。

「你閉嘴。」蘭德葛來恩說。

「放尊重點。」剛瓦德．拉森說。「你抵達公園的時間是？」

「大約七點，可能還再稍晚一點。我是在雨轉小之後出門的。」

「那麼，從七點起，一直到攻擊、搶劫這個名叫希爾朵．梅格納森女士為止，你都在瓦納第斯公園裡？」

「呃，我一直都在附近四處觀察。」

「在這段時間當中，你可曾注意到任何人？」

「有，有幾個。」

「有幾個？」

「可能十個，或十二個──可能比較接近十個。」

「我猜，你十分仔細地觀察了這些人？」

「對，相當仔細。」

「想確定你可否攻擊他們？」

「應該說，想知道是不是值得我下手。」

「你記不記得你看過的這些人？」

「哦，大概還記得一兩個吧。」

「哪幾個？」

「我看見兩個條子。」

「警察？」

「對。」

「穿制服嗎？」

「沒有。」

「那你怎麼知道他們是警察？」

「因為我看過他們不下二、三十次了。他們在瑟布斯路的條子店上班，開一輛紅色的富豪亞馬遜車款，有時改開綠色的SAAB。」

好了，拉森你不必說「你的意思是指警察局？」馬丁．貝克暗忖。

「你的意思是指第九區的警察局？」拉森說。

「是的，如果你指的就是瑟布斯路上的那間。」

「你在什麼時間點看到這些警察？」

「我想大概是八點三十分。我是說，那是他們到達的時間。」

「他們在那裡待了多久？」

「十分鐘，也許十五分鐘。然後他們就開往理爾貞斯樹林。」

「你怎麼知道？」

「他們就這麼說。」

「這麼說？你的意思是你跟他們說過話？」

「我見鬼了才會跟他們說話。我站得很近，聽見他們這麼講。」

剛瓦德．拉森意味深長地停下來。不難想像他心裡在想什麼。最後，他又開口：

「你還看見什麼？」

「一個傢伙跟一個女孩子，兩個相當年輕，大約二十歲。」

「他們在做什麼？」

「抱來抱去。」

「什麼？」

「抱來抱去。他用手指頭捅她的屄。」

「講話乾淨點。」

「有什麼不對？我不過是在陳述事實。」

剛瓦德・拉森又沉默了一會兒，然後，他嚴肅地說：

「你知道你在公園那時，現場發生了一件謀殺案嗎？」

蘭德葛來恩伸手矇著臉。這是這幾個小時以來，他首度顯得有些緊張，不知該如何回答。

「我看到報紙有說。」他終於說道。

「所以？」

「不是我，我發誓，我不是那種人。」

「你讀過關於這個小女孩的報導。她九歲，名叫伊娃・卡爾森，穿著藍裙，條紋T恤……」

剛瓦德・拉森參考自己的筆記。

「還有黑色的木底涼鞋。你當時有沒有看到她？」

遲疑了許久，蘭德葛來恩說：

「是——有，我想我看過她。」

「你在什麼地方看到她？」

「在西維爾路的遊樂場。總之，就有一個小孩在那裡，一個小女孩。」

「她在做什麼？」

「盪鞦韆。」

「她跟誰在一起？」

「沒跟誰。她自己一個人。」

「當時是什麼時間？」

「剛過……我到了那裡之後沒多久。」

「那是幾點？」

「我想大約是七點十分，或者再晚一點。」

「你確定她是自己一個人？」

「是的。」

「她穿著一條藍裙和條紋T恤，這一點你確定嗎？」

「不確定。我的意思是，我不知道。可是……」

「可是什麼？」

「我想是那樣子沒錯。」

「你沒看到其他人？沒有任何人跟她講話嗎？」

「等等，」蘭德葛來恩說，「且慢，等一下。我在報上讀到，就不斷在想這個問題。」

「你想到什麼？」

「呃，我……」

「你自己有沒有跟她講過話？」

「沒有，沒有，真是的，老天。」

「她獨自坐在鞦韆那裡。你有沒有走近她身邊？」

「沒有，沒有……」

「剛瓦德，你讓他自己講，」馬丁・貝克說，「關於這件事，他一定想了很多。」

蘭德葛來恩委屈地看了馬丁・貝克一眼。他看起來既疲倦又害怕。此時，他已經威風不起來了。

安靜，剛瓦德。馬丁・貝克心裡這麼想。

剛瓦德・拉森保持安靜。

搶劫犯沉默地坐了一兩分鐘，頭埋在雙手中。然後他說：

「我一直在想這件事。從那時起，我每天都在想。」

無人應答。

「我試著去回想。我知道我曾經看見那個孩子在遊樂場，她是自己一個人，時間一定是在我抵達之後沒多久，大約七點十分或十五分。當時我沒特別注意，你知道，不過就是個小孩子嘛，再說，我也沒打算在遊樂場旁邊做案。太靠近街道了，我是指那條西維爾路。所以，當時我沒有特別去注意那孩子。如果她是在水塔旁邊的那個遊樂場玩，情況可就不同了。」

「你也看到她去過那邊嗎？」剛瓦德．拉森問。

「沒，沒看到……」

「你有沒有跟蹤她？」

「沒有，沒有，請你弄清楚，我對她一點興趣也沒有，可是……」

「可是什麼？」

「當晚公園裡人不多。天氣很糟，隨時都有可能下起傾盆大雨。我正打算放棄要回家時，那個老太婆……那個女士剛好來了。可是……」

「可是什麼？」

「我想說的是，我曾經看見那個小女孩，而且時間一定是在接近七點十五分的時候。」

「這你說過了。你看見她和誰在一起？」

「沒人啊，就她自己而已。我是說，在那一整段時間裡，我看見的人大概有一打。我……我非常小心。我做案可不希望被逮到，所以非常警覺。我是說，也許我看到的那些人當中，有一個……」

「嗯，你看到什麼人？」

「我看見那兩個條子……」

「警察。」

「對啦，拜託。一個紅頭髮，穿風衣，另一個戴運動帽，穿夾克和長褲，臉瘦瘦長長的。」

「亞克索森和林德。」隆恩自言自語。

「你的觀察力非常好。」馬丁・貝克說。

「是的，好得很，」剛瓦德・拉森說，「把其他的人也講出來吧。」

「那兩個條子……不，你別插嘴，老天爺……他們從不同方向走進公園，在裡面待了大約十五分鐘。但是，那是在我看見小女孩很久之後的事情。一定過了一個半鐘頭。」

「還有呢？」

「然後就是另外那兩個人。那個和女孩子摟摟抱抱的傢伙。那是更早一點。我跟蹤他們，差點就想下手……」

「下手？」

「是的，在……不，拜託，我可不是指性侵害啊。那女孩子穿著迷你裙，黑白相間，小伙子穿著運動衣，看起來像是上等階級的人，可是她沒帶手提包。」

他沉默下來。剛瓦德．拉森、馬丁．貝克和隆恩等著下文。

「她穿的是白色蕾絲內褲。」

「你怎麼有辦法在她看不見你的情況下看到那個？」

「她什麼鬼也看不見，那傢伙也一樣。就算現場有一頭河馬，他們也看不見。他們甚至連彼此也看不見。他們來的時候，大概是……」

他停下來，然後說：

「條子在那裡的時候是幾點？」

「八點三十分。」馬丁．貝克很快地回說。

搶劫犯臉上幾乎泛出勝利的表情說：

「十分正確。當時，那兩個年輕人已經離開至少十五分鐘了。他們兩個在公園裡至少停留了半個鐘頭，也就是說，從七點四十五分到八點十五分。一開始時，我跟蹤他們，可是後來我就溜了。要我站在那裡看他們摟摟抱抱？我才不幹呢。但是他們來的時候，小女孩已經不在那裡了。無論是他們到來或離開的時候，小女孩都不在遊樂場。如果她在的話，我會看到，我會注意到的。」

這時，他是真的想幫忙了。

「所以，七點十五分的時候她在遊樂場，但是到七點四十五分的時候就不見了？」剛瓦德・拉森說。

「正確。」

「那麼，這段時間你在做什麼？」

「觀察啊，可以這麼說。我在西維爾路和富雷吉路的拐角閒晃。這樣可以看見從那些方向走進公園的人。」

「等一下，你說，你總共看見大約十個人？」

「在公園裡？對，大約這麼多。」

「兩個警察、一對年輕情侶、被你搶劫的女士，還有小女孩，這樣一共是六個人。」

「我還跟蹤了一個遛狗的男人。我一直跟蹤他，不過他只在史帝芬教堂靠街那一帶走動，大概只是在等狗撒尿之類的。」

「這個男人是從哪個方向走過來的？」馬丁・貝克問。

「從西維爾路那邊過來，經過糖果攤。」

「在什麼時間？」隆恩問。

「在我到達之後不久。他是在那個帶女朋友的傢伙之前我唯一考慮過想下手的對象。他……等等，當時他從糖果攤旁邊走過來，帶著一隻那種瘦巴巴的小狗。小女孩那時候在遊樂場裡。」

「你確定嗎？」剛瓦德・拉森說。

「確定。等一下……我一直跟蹤他，他在那裡待了十或十五分鐘，到他離開那時，小女孩一定已經走了。」

「你還看見什麼人？」

「只有幾個人渣。」

「人渣？」

「對，我完全沒考慮要對他們下手。有兩三個吧，他們穿過公園。」

「看在老天的份上，仔細想想。」剛瓦德・拉森說。

「我正在試啊。我看到有兩個人走在一起，他們從西維爾路過來，朝水塔的方向走去。無業遊民，相當老。」

「你確定他們是一起的？」

「幾乎可以這麼說，我以前看過他們。現在我想起來了，他們拿著一瓶酒還是幾罐啤酒什麼的，要在公園裡享受一下。但是，這是在那兩個人還在那裡的時候，就是穿蕾絲內褲的女孩和她男朋友摟來摟去的那兩個，而且……」

「怎麼樣？」

「我還看見另外一個人，他從另一個方向過來。」

「根據你的說法，也是人渣？」

「呃，總之不是什麼值得注意的人，至少就我來看。他從水塔那邊走過來。現在我可以清楚回想起來了。我記得那時我心裡在想，他一定是從英格瑪斯路那邊的階梯上來的。那裡陡得要死，直直走上來，然後又要直直走下去。」

「再走下去？」

「對，他往下走去西維爾路。」

「你在什麼時候看見他？」

「就在那個帶狗的男人走掉之後不久。」

房間裡一片肅靜。他們一個個頓然明白，蘭德葛來恩說的正是那號人物。

蘭德葛來恩是最後一個醒悟過來的。他抬起眼睛，直視著剛瓦德．拉森。

「基督耶穌，就是他！」

馬丁．貝克覺得體內像是有某條神經被勾了一下。剛瓦德．拉森說：

「所以總括起來，可以這麼說：有一個上了年紀、穿著體面的男人，在七點十五分和七點三十分之間帶著一條狗，從西維爾路的方向走進瓦納第斯公園。他走過糖果攤和遊樂場，當時小女孩還在那裡。帶狗的男人在公園裡介於史帝芬教堂和富雷吉路中間的地帶待了大約十分鐘，頂多十五分鐘。你一直在跟蹤他。等他走回來，出了公園，再度經過糖果攤和遊樂場時，小女孩已經不在遊樂場那裡。幾分鐘後，一個男人從水塔的方向出現，往西維爾路走出公園。你假定他是從英格瑪斯路那邊爬水塔後面的階梯上來的，然後他穿過公園，往西維爾路的方向出去。但這個男人有可能是在十五分鐘前——也就是當你在跟蹤帶狗男子那時，從西維爾路的方向進來的。」

「對。」蘭德葛來恩目瞪口呆。

「他有可能在經過遊樂場時，引誘那個小女孩和他一起到水塔那邊。他有可能在那裡殺了那個小女孩。因此，當你看見他時，他止好是走回來。」

「對。」蘭德葛來恩更驚訝了。

「你有看到他往哪個方向走嗎？」馬丁・貝克問。

「沒有，我只知道他走出公園，如此而已。」

「你有沒有機會就近打量他？」

「有，他就從我身邊走過。當時我就站在糖果攤後面。」

「很好，我們來聽聽你對他的描述，」剛瓦德・拉森說，「他長什麼樣子？」

「他不是很高大，也不算矮小，頗為邋遢，有一隻大鼻子。」

「他的穿著如何？」

「他的頭髮呢？」

「很邋遢。淡色襯衫，我想是白色的。沒有領帶。暗色長褲，我想是灰色或棕色。」

「有點稀疏，直直往後梳。」

「他沒穿外套嗎？」隆恩插嘴問。

「沒有，沒穿夾克，也沒穿大衣。」

「眼睛顏色呢？」

「什麼？」

「你有沒有看到他眼睛顏色？」

「沒有，我猜是藍色或灰色。他是淡色髮膚那一型的。」

「可能多大年紀？」

「嗯，四十到五十之間。我想比較接近四十。」

「鞋子呢？」隆恩說。

「不知道。不過，大概是那種尋常的黑鞋子吧，人渣通常會穿的那種。不過，這只是我的猜測。」

剛瓦德・拉森總結：

「一個年紀大約四十歲的男人，一般體格，中等身高，頭髮稀疏往後梳，大鼻子。藍色或灰色眼睛。穿白色或淡色襯衫，沒扣好鈕子。棕色或深灰色長褲，可能穿黑色鞋子。」

馬丁・貝克似乎隱約想起什麼，但那個念頭才升起，隨即就消失了。拉森繼續說：

「假定穿了一雙黑鞋，橢圓臉型……很好。還有一件事，有些照片你得看看。把風化組的相簿拿來。」

羅夫・艾維特・蘭德葛來恩把留有案底的性騷擾犯一頁頁看過。他仔細檢閱每張照片，但每一次都搖頭。

他找不到有誰看起來和自己在瓦納第斯公園見到的那個男人相像。

而且，他很確定，他見到的男人沒在檔案照片裡。

已經半夜了，剛瓦德・拉森說：

「你吃點東西，然後睡覺去吧。明天見，今天到此為止。」

他似乎變得快活起來。

搶劫犯在被帶走前講的最後一句話是：

「想想看，我看到了那個龜孫子！」

他似乎也快活了起來。

然而，他自己曾經差點殺了好幾個人，而且不過才在十二個小時前，當時若有機會，他還曾打算開槍射死馬丁・貝克和剛瓦德・拉森呢。

馬丁・貝克思索著這點。

他也想著，他們有證人的描述了——相當模糊的描述——吻合的人有好幾千個。無論如何，這總是個契機。

追緝行動已經進入第七天。

馬丁・貝克覺得心中暗處有某個東西在蠢動，但他不知道那是什麼。

他和隆恩、剛瓦德・拉森在各自回家前一起喝了杯咖啡。

他們交換一些意見。

「你們覺得盤問時間太長了嗎？」剛瓦德．拉森說。

「是的。」馬丁．貝克說。

「對，我也這麼覺得。」隆恩同意。

「哎呀，你們曉得，」剛瓦德．拉森自傲地說，「你得在開始時步步為營，這樣才能建立互信關係。」

「是啦。」隆恩說。

「坦白說，我還是覺得他媽的太長了。」馬丁．貝克說。

然後他開車回家。又喝了一杯咖啡，上床睡覺。

他清醒地躺在黑暗中思考。

思考某事。

17.

週五早上醒來時，馬丁・貝克完全沒有休息過的感覺。事實上，他覺得現在還比昨晚喝了好幾杯咖啡、直到深夜終於睡著前還疲倦。他睡得很不安穩，輾轉反側，而且惡夢連連。醒來時，他覺得橫隔膜處隱隱作痛。

他在早餐時和妻子大吵一架，爭執的起因如此微不足道，他在五分鐘後關門離家時，甚至早就忘了為何爭吵。總之，他在這場紛爭裡是被動的一方，而他太太是攻擊的那方。

既疲倦、又對自己不滿的他，撐著刺痛的眼皮，搭上地鐵來到閘門廣場，再換火車到仲夏夜廣場，去他位於瓦斯貝加大街的辦公室報到一下。他不喜歡搭地鐵，雖然從巴卡莫森到南區的警察總局開車比較快，但是他偏偏有拒絕駕車的怪癖。這也是埋下他和妻子英雅衝突不斷的諸多原因之一。更糟糕的是，自從英雅發現公家對使用自家車輛的警察可給付每公里〇・四十六克朗的補貼之後，她就更常提起這個話題。

他搭電梯上三樓，在玻璃門外的安全鎖盤上按下密碼，再向守衛點點頭，就走往自己的辦公室。他得從桌上成堆的文件中，找出要帶去國王島街警局的資料。

桌上還有一張色彩鮮豔的明信片，上面是一隻戴著草帽的驢子，一個胖嘟嘟、黑眼珠的小女孩捧著一籃橘子，還有一棵棕櫚樹。那是從西班牙馬瑤卡島寄來的卡片，他們部門中最年輕的人員歐格・史丹斯壯正在那裡度假，卡片上的收信人寫著「馬丁・貝克及大夥兒們」。馬丁・貝克花了一番功夫，才讀懂他用漏墨的原子筆所寫的字跡：

大家是否在納悶，所有的漂亮妞兒都到哪兒去了？她們來找我啦！沒有我，你們的日子過得如何？我猜一定很慘。但是忍耐一下，也許我會回來喲！歐格

馬丁・貝克微微一笑，把明信片放進口袋。他接著坐下來，查出歐斯卡森家的電話號碼，探手拿起電話。

是那個丈夫接的電話。他說家人剛剛回來，如果馬丁・貝克要見他們，最好趕快過去，因為他們在離開之前還有很多事情要辦。

他叫了一輛計程車。十分鐘後，他按下歐斯卡森家的門鈴。那位丈夫打開門，帶他進到明亮的客廳，坐上沙發。雖不見孩子們的蹤影，但他聽得到他們的聲音從某個房間傳來。他們的母親

站在窗邊熨衣服，馬丁．貝克進來時，她說：

「抱歉，我快燙好了。」

「實在抱歉，必須打擾你們，」馬丁．貝克說，「但是我非常希望能在你們離開之前，和你們再談一次。」

那位丈夫點點頭，在咖啡桌另一頭的皮革扶手椅中坐下。

「當然，我們願意盡力幫忙，」他說，「內人和我對這件事一無所知，但是我們和麗娜談過，除了已經告訴你的那些之外，她似乎也沒有可以說的了。很抱歉。」

他的妻子放下熨斗看著他。

「感謝上蒼，我寧可她不要知道太多。」

她拔掉熨斗插頭，在她丈夫那張椅子的扶手上坐了下來。他展臂環抱著她的臀部。

「其實我是要來問，你兒子是否提過任何可能和安妮卡這件事有關的事情？」

「柏希？」

「是。根據麗娜的說法，他曾經消失了一會兒，沒有證據顯示他不是跟著安妮卡走，他甚至有可能見過那個害死她的人。」

他聽得出來自己這個想法和說法有多麼白痴：我就像在照本宣科，或者說，像在宣讀一份警察報告。我到底在想什麼？怎麼可能從一個三歲大的孩子口裡問出可以理解的話？

對他這番自以為是的說辭，夫婦倆似乎沒有特別的反應。他們大概認為，警察講話反正都是這副德性。

「可是已經有個女警來問過他了，」歐斯卡森太太說，「他還這麼小。」

「是的，我知道，」馬丁·貝克說，「但我還是要拜託你們，讓我再試一次。他有可能曾經看見什麼。如果我們能讓他回想起那天……」

「可是他才三歲啊，」她插嘴說，「連話都還講不清楚。我們是唯一聽得懂他在說什麼的人。其實，就連我們有時候也沒辦法完全理解。」

「呃，我們不妨試試看，」那位丈夫說，「我是說，我們盡力幫忙就是了。也許麗娜能幫他回想做過什麼事。」

「謝謝，」馬丁·貝克說，「感激不盡。」

歐斯卡森太太起身走進幼兒房，不久，便帶著兩個孩子回到客廳。

柏希跑過來站在父親身邊。

「那是什麼？」他問，小手指著馬丁·貝克。

他偏頭看著馬丁·貝克。他嘴巴髒髒的，面頰上有一條抓痕，蓋住額頭的淡色頭髮底下隱約可見一大塊瘀青。

「爹地，那是什麼？」他不耐煩地又問一次。

「那是一個人。」他父親解釋道，投給馬丁．貝克一個抱歉的微笑。

「哈囉。」馬丁．貝克說。

柏希不理會他的問候。

「她叫什麼名字？」他問他父親。

「是他。」麗娜糾正他。

「我的名字是馬丁．貝克。你叫什麼呢？」

「柏希。什麼名字？」

「馬丁。」

「馬丁，名字叫馬丁。」柏希說，那語氣彷彿是很驚訝竟然有人叫這種名字。

「是的。」馬丁．貝克說。「你的名字叫柏希。」

「爹地的名字叫寇特，媽咪的名字……叫什麼？」

他指著他母親，這位媽媽說：

「英格麗，你知道啊。」

「英格麗。」

他走來沙發這邊，把一隻胖嘟嘟、黏搭搭的手放在馬丁・貝克的膝蓋上。

「你今天有沒有去公園啊？」馬丁・貝克問。

柏希搖搖頭，用一種執拗不遜的口氣說：

「不去公園玩，要出去開車。」

「好，」他母親安撫他，「等一下，等一下我們就出去開車。」

「那你也要去開車。」柏希對馬丁・貝克挑戰地說。

「好，我可能也會去。」

「柏希會開車。」小男孩心滿意足地說，爬上沙發椅。

「你去公園的時候，都玩什麼？」馬丁・貝克自認說出這句話的口吻既逢迎又親切。

「柏希不去公園玩，柏希要開車。」小男孩有點生氣。

「是的，那當然，」馬丁・貝克說，「你等一下當然要去開車。」

「柏希今天不去公園玩，」他姊姊說，「那個人只是問你，上次去公園你玩什麼。」

「傻瓜。」柏希加重了口氣說。

他一溜煙滑下沙發。馬丁・貝克懊悔沒有特別為這小男孩帶一些糖果過來。通常他是不賄賂證人的，可是，他也從來沒有詢問過一個三歲大的證人。現在要是手上有一條巧克力，一定很管用。

「他對每個人都那樣講，」柏希的姊姊說，「他就是這麼傻呼呼。」

柏希向她揮拳頭，憤怒地說：

「柏希不傻！柏希很乖！」

馬丁・貝克摸摸口袋，想知道有沒有什麼可以引起小男孩的興趣，然而他只找到那張史丹斯壯寄來的明信片。

「你看。」他說。

柏希立刻向他跑來，熱切地盯著明信片。

「那是什麼？」

「明信片。」馬丁・貝克回答。「你看上面有什麼？」

「馬，花，拮子。」

「什麼是拮子？」馬丁・貝克問。

「橘子。」他母親解釋道。

「拮子，」柏希說著，一邊用手指著，「還有花，還有馬，還有女生。女生叫什麼名字？」

「我不知道。」馬丁・貝克說。「你想她叫什麼名字？」

「烏拉，」柏希即刻回答，「女生是烏拉。」

歐斯卡森太太用手肘頂頂她的女兒。

「你記不記得烏拉，還有安妮卡，還有柏希，還有麗娜，在公園一起盪鞦韆？」麗娜趕快趁機問道。

「記得！」柏希高興地說。「烏拉、安妮卡、柏希、麗娜，公園盪鞦韆，買冰淇淋。記得嗎？」

「記得，」麗娜說，「你記得我們在公園遇到一隻小狗狗嗎？」

「有，柏希遇到小狗狗。不摸小狗狗，摸狗狗危險。記得嗎？」

他的父母親互換了一個眼神，那母親點點頭。馬丁・貝克領悟到小男孩確實記得在公園的那天。他凝神地坐著，希望沒有任何事物打斷男孩的思路。

「你記不記得，」他姊姊繼續說，「烏拉、麗娜、柏希，玩跳房子？」

「記得。」柏希說。「烏拉、麗娜，跳房子。柏希也跳房子。柏希會跳房子。記得柏希跳房子嗎？」

小男孩回答他姊姊的問題，情緒高昂，而且馬上有回應，整個對話似乎依循著某種模式在進行，這讓馬丁．貝克不禁懷疑，這是這對姊弟經常玩的一種問答遊戲，一種類似「你記不記得」的遊戲。

「是的，」麗娜說。「我記得。柏希、烏拉、麗娜玩跳房子，安妮卡不要玩跳房子。」

「安妮卡不要跳房子，安妮卡生氣麗娜、烏拉。」柏希沉著臉說。

「你記不記得安妮卡生氣？安妮卡生氣跑掉了。」

「麗娜、烏拉傻瓜安妮卡。」

「安妮卡說麗娜和烏拉是傻瓜嗎？你記不記得？」

「安妮卡說麗娜、烏拉傻瓜。」然後，他很斷然地接著說：「柏希不是傻瓜。」

「麗娜和烏拉傻瓜的時候，柏希和安妮卡做什麼？」

「柏希、安妮卡捉迷藏。」

馬丁．貝克屏住呼吸，他希望女孩知道接下來應該問什麼。

「你記不記得柏希和安妮卡玩捉迷藏？」

「記得。烏拉、麗娜不玩捉迷藏。烏拉、麗娜傻瓜。安妮卡乖，柏希乖，人乖。」

「哪個人？」

「公園那個人乖，柏希拿滴咯。」

「那個人在公園裡給你一個滴喀？你記不記得？」

「人給柏希滴喀。」

「你是說，一個像爹地的手錶那樣，會滴答滴答走的東西？」

「滴喀！」

「那個人說什麼？那個人有跟柏希和安妮卡講話嗎？」

「人和安妮卡講話，人給柏希滴喀。」

「柏希和安妮卡從那個人那裡拿到滴喀嗎？」

「柏希有滴喀，安妮卡沒有滴喀，柏希有滴喀。」

柏希突然轉身跑去馬丁・貝克身邊。

「柏希有滴喀！」

馬丁・貝克拉開袖子，露出腕錶給柏希看。

「你是不是指像這樣的滴喀？那個人給你這種東西嗎？」

柏希打了馬丁・貝克的膝蓋。

「不是！滴喀！」

馬丁・貝克轉向男孩的母親。

「什麼是滴喀？」他問。

「我不知道。」她說。「他的確把錶和時鐘都叫做滴喀，可是他現在好像不是這個意思。」

他彎下腰來問小男孩：

「柏希、安妮卡和人做什麼？你們兩個有和人玩嗎？」

柏希似乎對問答遊戲失去了興趣，他嘟起嘴巴說：

「柏希找不到安妮卡，安妮卡傻瓜和人玩。」

馬丁・貝克正想說話，卻又馬上閉嘴，因為證人一溜煙跑出房間了。

「抓不到我！抓不到我！」男孩興高采烈地喊著。

他姊姊生氣地望著他說：

「他老是這樣傻呼呼的。」

「你認為，他說的滴喀是什麼意思？」父親問。

「我不知道。總之，顯然不是手錶就對了，我不知道。」她說。

「他似乎和安妮卡一起遇到了某個人。」歐斯卡森先生說。

但是，那是什麼時候？馬丁・貝克心裡想。是星期五，還是之前的某一天？

「啊，真可怕，」歐斯卡森太太說道，「一定就是那個人，那個做了那件事的人。」

她打了一個寒顫。她丈夫安慰地撫摸她的背，眼神憂慮地看著馬丁・貝克，說道：

「他還這麼小，懂的字不多。我想他沒辦法描述這個人的長相。」

歐斯卡森太太搖搖頭。

「不可能。」她說。「除非他的長相有什麼特別的地方，否則不可能。譬如說，如果他穿了某種制服，柏希很可能就會叫他阿兵兵，否則……我不知道，沒有什麼事情會讓小孩子覺得不尋常。柏希就算遇到一個綠頭髮、粉紅眼睛和三隻腳的人，也不會覺得有什麼奇怪。」

馬丁・貝克點點頭。

「或許那個人真的穿了某種制服，或是有某樣柏希記得的東西。如果你單獨和他談，會不會比較好？」

歐斯卡森太太站起來聳聳肩。

「我盡力就是。」

她讓門半開著，這樣馬丁・貝克就能聽到她和男孩的談話。二十分鐘後，她回來，從男孩口中再也問不出什麼了。

「我們現在還不能離開嗎？」她焦慮地問。「我是說，柏希是不是得……」她突然住口，然後又說，「還有麗娜？」

「沒問題，你們當然可以離開。」馬丁．貝克邊說邊起身。

他和兩人握手道謝，但是，當他正要離開時，柏希跑了出來，兩隻手一把抱住他的雙腿。

「不走。你坐這裡，你要跟爹地講話，柏希也跟你講話。」

馬丁．貝克試圖脫身，但是柏希抱得非常緊，馬丁．貝克不想惹他生氣。他探入褲子口袋，拿出一枚五十歐爾的錢幣，用詢問的眼神看著那位母親。她點點頭。

「這兒，柏希。」他說，把錢幣拿給男孩看。

柏希馬上鬆開手，接了錢說：

「柏希買冰淇淋。柏希好多錢買冰淇淋。」

他帶領馬丁．貝克跑向甬道，從靠近前門的一個低矮掛鉤上拿下吊在那裡的小夾克。男孩把手探進夾克口袋。

「柏希有很多錢。」他說著，舉起一枚骯髒的五歐爾錢幣。

馬丁．貝克打開門，轉過身，把手伸向柏希。

小男孩抱著夾克站在那裡，當他把手抽出口袋時，一張白色小紙片掉了出來，緩緩飄落在地板上。馬丁．貝克蹲下去撿起紙片，男孩高聲叫著：

「柏希的滴喀！人給柏希的滴喀！」

馬丁・貝克看著手上那張紙片。

那是一張尋常的地鐵車票。

18.

一九六七年六月十六日，週五，這個早上發生了許多事。有成千上萬無辜的市民與警方發出的嫌犯描述相符，這對警方可不是好事。羅夫・艾維特・蘭德葛來恩整夜念念不忘此事，還想討價還價。他提議，如果警方願意既往不咎，那麼他不但可以參與緝凶，而且還會提供「補充資料」，天曉得這「補充資料」是什麼意思。被一口回絕後，他十分鬱悶，最後主動要求找律師談談。

仍有警員堅持，蘭德葛來恩缺乏在瓦納第斯公園謀殺案當晚明確的不在場證明，他們也質疑他做為證人的可靠性。這項質疑也間接造成剛瓦德・拉森讓一名女子非常難堪，也使得另一名女子迫使柯柏更顯困窘。

剛瓦德・拉森去電瓦納第斯公園附近的某戶人家。以下是電話中的對話。

「詹森家。」

「早，我是警察，凶殺組偵查員，剛瓦德・拉森。」

「哦，是。」

「請問，我能否和你女兒談談？梅肯・詹森？」

「當然。請稍等，我們正在吃早餐。梅肯！」

「哈囉。我是梅肯・詹森。」

那聲音明快而有教養。

「我是警察，偵查員拉森。」

「哦，是。」

「你宣稱六月九日傍晚，曾經到瓦納第斯公園透透氣。」

「是的。」

「你去公園透透氣那時，穿的是什麼樣的衣服？」

「我穿什麼……嗯，我想想，我是穿一件黑白相間的雞尾酒小禮服。」

「還有什麼？」

「一雙涼鞋。」

「啊哈。還有什麼？」

「沒有了。安靜，爹地，他只是在問我……」

「沒有了嗎？你沒有穿別的衣服嗎？」

「沒——沒有。」

「我是說，你在洋裝底下難道沒有穿別的東西？」

「有，當然有，我當然穿了內衣褲。」

「啊哈，是什麼樣的內衣褲？」

「什麼樣的內衣褲？」

「對，沒錯。」

「呃，我當然穿了……呃，穿了平常的那種內衣褲。哎呀，爹地，是警察嘛。」

「你平常穿的是哪一種？」

「呃，當然有一副胸罩和……呃，你以為還有什麼？」

「我沒有以為什麼，我沒有任何預設立場，我只是在問你問題。」

「當然還有內褲。」

「原來如此。哪一種內褲？」

「哪一種？我不知道你是什麼意思。我當然有穿褲子，內褲。」

「三角褲嗎？」

「是的。抱歉，只是……」

「這種三角褲是什麼樣子？是紅的，黑的，藍的，還是印花的？」

「一件……」

「怎麼樣？」

「一件白色蕾絲的三角褲。是的，爹地，我會問他。你到底為什麼問我這些問題？」

「我只是在核對一位目擊者的證詞。」

「一位目擊者的證詞？」

「沒錯。再見。」

•

柯柏開車到一個舊城區的地址，將車停在史多齊考賓根路，爬上一道蜿蜒而破舊的石階。他找不到門鈴，便積習難改地用力捶打門板。

「請進！」一個女人的聲音喊道。

柯柏進門。

「老天爺，」她說，「你是誰？」

「警察。」他無精打采地說。

「嘿，我說，警察還真有這種見鬼的好習慣……」

「你的名字是不是麗絲白・賀德維格・瑪麗亞・卡爾斯卓姆？」柯柏看著手中的紙片，照本宣讀。

「是的。是不是關於昨天那件事？」

柯柏點點頭，環顧四周。房間雖然凌亂，但頗為舒適。麗絲白・賀德維格・瑪麗亞・卡爾斯卓姆穿著藍條紋睡衣，睡衣長度足以顯示，她底下連一件蕾絲底褲都沒有。她顯然才剛起床，正在煮咖啡，用叉子不斷攪動，好讓咖啡更快滴過濾紙。

「我剛起床，正在煮咖啡。」她說。

「哦。」

「我還以為是隔壁那個女孩子，只有她才會那樣大力敲門，而且是在這種時間。要來一些嗎？」

「什麼？」

「咖啡。」

「呃……」柯柏應道。

「坐啊。」

「坐哪裡？」

她用叉子指著奇亂無比的床邊，那裡有一張皮面椅凳。柯柏頗不自在地坐下。她把咖啡壺和兩個杯子放在托盤上，用左膝蓋把一張矮小的桌子往前推，再放下托盤，往床上一坐，兩腿交疊，軀體因此暴露出相當多部分，不過，姿態其實不無迷人之處。

她倒好咖啡，遞了一杯給柯柏。

「謝謝。」他看著她的腳說。

柯柏是一個很敏感的人，此時只覺得心中一陣莫名的困擾。就某方面來說，她強烈地讓他想到某個人，可能是他的妻子吧。

她用疑慮的眼光看著他問：

「你要我加點衣服嗎？」

「那樣可能比較好。」柯柏遲滯地說。

她立刻起身走向衣櫥，拿出一件棕色燈芯絨布長褲穿上。然後，她解開鈕釦，脫下睡衣。有一陣子，她就光裸著上身站在那裡——當然是背對著他；不過，就算如此，情況也沒有好到哪兒去。考慮了好一段時間，她才挑出一件手織毛衣套上。

「穿太多會熱死人。」她說。

他喝了點咖啡。

「你想知道什麼？」她問。

他又喝了一些。

「很香。」他說。

「問題是，我什麼也不知道，什麼也不曉得。真倒楣，我是說，跟那個西蒙森。」

「他的名字是羅夫．艾維特．蘭德葛來恩。」柯柏說。

「哦，那也是假的啊。你一定以為……以為我不知好歹。可是我沒辦法。我是說目前。」

她鬱鬱地看看四周。

「你想抽菸嗎？」她問，「不過，我恐怕沒有菸可以請你。我自己不抽菸。」

「我也不抽菸。」柯柏說。

「唉，反正無論下場如何，也沒辦法了。我是在九點那時，在瓦納第斯游泳池認識他，然後就跟他一起回家了。我什麼也不知道。」

「我們假設，你至少知道一件我們有興趣的事。」

「是什麼？」

「他怎麼樣？我是指，在性事上？」

她尷尬地聳聳肩，拿起一片餅乾，開始小口小口地咬，最後才說：

「不予置評。我的原則是，我不……」

「你的原則是不怎樣？」

「我的原則是，我不評論和我往來的男人。譬如說，如果你和我現在一起上床，我不會在事後到處跟人家講關於你的細節。」

柯柏愣住了。他覺得又熱又躁，他想脫掉外套。甚至，他確實想脫光所有衣服和這女孩子做愛。他的確很少在執勤時做這種事，尤其是在結婚後，但這過去不是沒有發生過。

「如果你能回答這個問題，我會很感謝。」他說。「他正常嗎，在性方面？」

她沒有回答。

「這很重要。」他補上一句。

她直視著他，嚴肅地說：

「為什麼？」

柯柏打量著眼前的女孩。他知道這是一個困難的抉擇，很多同事甚至會認為，他接下來要說的話，比脫光衣服和這女孩上床還更不可原諒。

「蘭德葛來恩是個職業罪犯，」他終於說，「他已經坦承十幾件暴力罪行。上星期五晚間——也就是一個星期前——我們查出一個小女孩在瓦納第斯公園遭人殺害之際，他人也在現場。」

她慌亂地瞪著他，嚥了好幾次口水。

「哦，」她輕輕地說，「我不曉得，我想都沒想到。」

過了一會兒，她清澈的棕眼再度看著他說：

「你解答了我的問題。我知道現在我得回答你的問題。」

「所以呢？」

「據我所知，他完全正常，幾乎太正常了。」

「這話是什麼意思？」

「我是說，我在性事上也是完全正常，只不過……呃，因為我很少有機會，所以我想要一點稍微不同於……是不是可以這樣說，不同於例行公事的性愛？」

「原來如此。」柯柏靦腆地抓抓耳後根。

他遲疑了幾秒。女孩一臉嚴肅地看著他。最後他說：

「是他先……在瓦納第斯游泳池是他先跟你搭訕的嗎？」

「不是，正好相反，如果要我坦白講的話。」

她突然起身走到窗邊，從窗外望去，可以看到大教堂。她頭也沒回地說：

「確實如此。如果坦白講的話，正好相反。昨天我出門去找男人。我準備好了要這樣做，也給自己做了心理準備，如果你想知道的話。」

她聳聳肩。

「那是我的生活方式。」她說。「這種生活我也過了好幾年，如果你想知道的話，我還能告訴你為什麼選擇這種生活。」

「沒必要。」柯柏說。

「我不在意，」她說，手指捲弄著窗簾，「我的意思是，告訴你……」

「沒必要。」柯柏重覆說。

「總之，我可以向你保證，他跟我在一起的時候舉止相當正常。起初甚至好像不是……特別有性趣。可是……我設法挑起他的慾望。」

柯柏喝光咖啡。

「好，就到此為止。」他不太確定地說。

她仍然頭也不回地說：

「我以前不是沒出過事，但這次真的讓我可得好好想一想了。實在太糟糕。」

柯柏沒說什麼。

「真下流。」她自言自語，手指又捲弄著窗簾。然後她轉過身來說：「我向你保證，是我先主動搭訕的，而且非常明目張膽。如果你想知道，我……」

「不，你不必說。」

「而且我可以向你保證，當他……當我們在床上時，他絕對正常。」

柯柏站起來。

「我覺得你這個人非常好。」她毫不做作地說。

「我也喜歡你。」他說。

柏格走向門去，打開門。然後，脫口說出連自己都吃驚的話：

「我已經結婚了，一年多。我太太也懷孕了。」

她點點頭。

「我過的這種生活……」

她突然住口。

「不是很好，」他說，「可能很危險。」

「我知道。」

「再見了。」柯柏說。

「再見了。」麗絲白・賀德維格・瑪麗亞・卡爾斯卓姆說。

他發現自己的車被開了一張違停罰單。他茫然地把那張黃紙條摺妥放進口袋。好女孩，他想著，長得蠻像葛恩，奇怪，為什麼會……

在駕駛座坐定後，他暗忖，這整件事正像是一部拙劣小說留下的最佳反諷。

•

在警察總局，剛瓦德・拉森開心地說：

「這下子解決了。他的性行為正常，此外也能證實他做為證人的可靠性。這整件事根本是在浪費時間。」

柯柏不敢確定整件事是否真是在浪費時間。

「馬丁人呢？」他問。

「出去盤問小娃娃。」剛瓦德．拉森說。

「此外呢？」

「什麼都沒有。」

「這裡倒是有點什麼。」米蘭德從文件堆裡抬起頭來說。

「什麼？」

「心理學家的結論，他們的看法。」

「哼，」剛瓦德．拉森不屑地說，「還不是『對一輛小推車產生單戀』之類的連篇鬼話。」

「呃，我可不敢說得這麼斬釘截鐵。」米蘭德喃喃應道。

「把菸斗拿下來，這樣我們才聽得懂你在說什麼。」柯柏說。

「他們有個解釋，一個似乎頗有道理的解釋。相當令人擔憂。」

「難道還有什麼比目前這樣還更讓人擔憂的嗎？」

「是有關我們的檔案裡不見此人的可能原因，」米蘭德自顧自地繼續講，「他們說，此人極有可能完全沒有前科，甚至可能長久以來都沒有任何讓人知道他有如此傾向。性變態和毒癮在許多方面極為相似。他們舉了幾個國外例證。一個性變態者有可能多年來都以暴露或窺淫的方式紓解自己的性衝動。不過，此人一旦心血來潮，犯了強暴罪或性謀殺，那麼此後他就只能犯下更多強暴或性謀殺，才能獲得滿足。」

「就像那個大熊的老故事，」剛瓦德・拉森說，「一隻大熊一旦殺過一頭牛，之後就沒完沒了之類的。」

「那就像染上毒癮的人，毒品需要一次比一次強烈才能解癮。」米蘭德邊說邊翻閱報告。「一個初期吸食麻藥的毒蟲，一旦改吸海洛英，就無法回頭去吸麻藥，因為對他來說，麻藥已經太輕淡了，不會有作用。對性變態者而言，這道理也可能相似。」

「聽起來挺有道理的，」柯柏說，「可是很粗淺。」

「我覺得他媽的真聽不下去。」剛瓦德・拉森說。

「還有更不中聽的。」米蘭德說。「這裡說，某個人有可能多年來都沒有讓人注意到他有這種變態的性衝動，他甚至不需要有手淫或看小電影的習慣，更不要說有暴露或窺淫的行為。他有可能只是坐在那裡，空想一些不同的性變態形式，不需要有實際的經驗，直到有一天，突然碰巧某個衝動促使他做出暴力行為。然後，他就會情不自禁地一再重覆那種行為，而且一次比一次粗暴，一次比一次殘忍。」

「就像開膛手傑克。」剛瓦德・拉森說。

「那個碰巧的衝動是什麼？」柯柏問。

「可能由各式各樣的事物引發——一個偶然的情境，一個心理薄弱的狀態，疾病、酒精、毒品等等。如果我們認可這種觀點，那麼，這個罪犯的過去根本就沒有線索可尋。警方記錄派不上用場，醫院病歷也毫無用處。我們要追查的那個人，根本不會出現在這些資料當中。一旦他開始強暴或殺人，就無法住手；他也沒有能力自首或控制自己的行為。」

米蘭德沉默地坐了一會兒，然後用指關節敲敲報告影本說：

「這裡面有一些東西，和我們這起案子相符得可怕。」

「我相信還有許多其他的解釋。」剛瓦德．拉森不以為然地說。「比方說，罪犯有可能是個外地人，一個剛好經過這裡的外國人。甚至兩起案件的作案者還可能不同；坦托朗登公園的案子可能是個臨時起意的殺人案——是第一起引發的效應。」

「你這種說法有很多可反駁之處，」米蘭德說，「例如，罪犯了解當地形勢，下手時那種夢遊般的確定性，對時間和地點的選擇等等。還有一件很怪異的事實——在發生兩起謀殺、經過七天追緝之後，我們還沒找到任何值得注意的嫌犯。除非我們把那個叫艾立克森的傢伙算在內。而且這當中有個細節，能讓兇嫌是臨時起意的理論打折扣。那就是兩名受害女孩的內褲都不見了。我們沒有向媒體公布這項情報。」

「不管怎麼說，我相信還是有其他解釋。」剛瓦德・拉森仍然斬釘截鐵地說。

「恐怕那是你一廂情願的想法。」米蘭德點燃菸斗說著。

「是的，」柯柏邊說邊站起來，「剛瓦德，你這想法可能一廂情願，可是，我希望你是對的，否則……」

「否則，」米蘭德說，「我們一無所有。唯一可能讓我們抓到那個謀殺犯的辦法，就是必須在他下次犯案之際當場逮到人，或者……」

柯柏和拉森不待他說完，就各自在心中完成了那個句子，而且達成同樣令人氣結的結論。

「或者，就是等他一次又一次、以同一種夢遊般的確定性不斷殺人，直到運氣耗盡，被我們逮到。」米蘭德說。

「那報告當中還說了什麼？」柯柏問。

「老生常談，一大堆互相牴觸的說法。他有可能縱慾過度，也可能是過度禁慾——後者的可能性好像比較高。但也有與之相反的案例存在。」米蘭德放下報告說：「你們有沒有想過，就算看見他站在眼前，我們也沒有證據能證明他犯了那兩起謀殺案。我們唯一擁有的物證，是坦托朗登公園那幾個十分可疑的腳印。而且能證明我們要追捕的對象是男性的唯一憑據，是女孩遺體周圍地上有些精液，坦托朗登公園也有同樣發現。」

「況且，如果他不在警方檔案當中，那麼就算取得他的全套指印也沒有用。」

「正是如此。」米蘭德說。

「可是我們有一個證人，」剛瓦德．拉森說，「那個搶劫犯曾經看過他。」

「如果我們可以信任他的話。」米蘭德說。

「你就不能說點讓大家振奮一點的話嗎？」柯柏問。

米蘭德沒有答腔，眾人落入一片沉寂。他們聽見隔壁房間傳來不只一支電話的鈴響聲，隆恩和某個人接聽了。

「你對那個女孩有何看法？」剛瓦德．拉森突然問。

「我喜歡她。」柯柏說。

然而，就在此時，另一個不愉快的想法閃過柯柏心頭。他知道麗絲白．賀德維格．瑪麗亞．卡爾斯卓姆讓他聯想到誰了。不是他的妻子，差遠了。她讓他聯想起一個在世時和他素不相識，死後卻有很長一段時間左右了他的想法和行動的女人。他只見過她一次，是三年前的夏日，在莫塔拉市的停屍間。

他甩甩頭，覺得心神不寧。

十五分鐘後，馬丁．貝克帶著那張車票進來。

19.

「那是什麼？」柯柏問。

「一張滴咯。」馬丁·貝克回答。

柯柏看著擺在他眼前桌上、那張皺巴巴的車票。

「一張地鐵車票，」他說，「所以呢？如果你想申請出差費用補助，應該去找會計部門。」

「柏希，我們那位三歲大的證人，在安妮卡死前，從他和她在坦托朗登公園遇見的那個男人手上拿到這張車票。」馬丁·貝克說。

米蘭德關上檔案櫃的門，走到他們這邊。柯柏轉過頭來，盯著馬丁·貝克。

「你的意思是，就在那個人勒死她之前？」他說。

「可能。問題是，我們能從這張車票得到什麼線索？」

「也許有指紋。」柯柏說。

米蘭德靠向前，喃喃自語研究起那張車票。

「可能吧，但可能性微乎其微。」馬丁・貝克說。「首先，車站查票員撕票時碰過車票，再者，無論是誰把票送給小男孩，那人一定也碰過，這點無庸置疑，只是小男孩從星期一起就把它和蝸牛還有天曉得其他什麼東西全放在外套口袋，而且很不好意思的是，我也碰過。此外，車票本身又皺又爛。當然，我們會試試看，可是先看看上面打的票孔。」

「我看過了，」柯柏說，「上面票孔打的時間是下午一點三十分，十二日，沒指出是哪個月。有可能是指……」

他住嘴，三個人都想到那指的可能是什麼。米蘭德開口。

「這種100型的一克朗車票僅限用於市內，」他說，「或許能查出這張票是在何時、何地出售。上面還有另外兩個號碼。」

「打給斯德哥爾摩電車局。」柯柏說。

「現在已經改名為斯德哥爾摩地方運輸局了。」米蘭德說。

「我知道。可是他們制服上的鈕扣還有電車局縮寫「ST」的字樣。我猜他們沒錢做新的。見鬼了，既然從葛拉史丹到閘門廣場這麼一站都要一克朗，怎麼可能沒經費做新的？一個鈕扣才多少錢？」

米蘭德已經走去隔壁房間。這張車票仍放在桌上，他可能已將序號等資料像照了相似地記在腦中。他們聽到他拿起話筒，撥出一個號碼。

「小男孩還說了什麼？」柯柏問。

馬丁．貝克搖頭。

「只說他和那女孩在一起，他們遇見一個男的。他只是碰巧找到這張車票。」

柯柏往後一坐，咬著拇指指甲。

「所以我們有一個應該見過兇手、也和兇手說過話的證人。但這個證人只有三歲大。要是他再稍微大一點……」

「命案就不會發生了。」馬丁．貝克打岔。「總之，當時就不會出事了。」

米蘭德回來了。

「他們說會很快回電。」

十五分鐘後，對方回電。米蘭德邊聽邊筆記。之後他說了謝謝便掛斷電話。

果然，購票日期是六月十二日，是由法官路地下車站北向入口的某位售票員賣出。要進入北向入口，乘客必須通過和經濟學院同側的西維爾路兩側的任何一個入口。

馬丁．貝克對斯德哥爾摩的地鐵網絡瞭若指掌，但他還是走去看牆上的地圖。

如果在法官路車站購票的人要去坦托朗登公園，他必須在T中央站、葛拉史丹或閘門廣場轉車。這麼一來，他會經過仁肯斯丹運動場。從那裡到小女孩的棄屍地點大約是五分鐘腳程。他出發的時間是在一點三十分到一點四十五分之間，加上轉車時間，整個行程大概需時二十分鐘。因此，這個人在一點五十五分到兩點十分之間，應該能抵達坦托朗登公園。根據法醫研判，小女孩的死亡時間可能是在兩點三十分到三點之間，也有可能更早一些。

「就時間來看是契合的。」馬丁・貝克說。

柯柏同時開口：

「就時間來看挺契合的，如果他直接走去那裡的話。」

米蘭德彷彿自言自語躊躇地說：

「車站離瓦納第斯公園並不遠。」

「是不遠，」柯柏說，「但這告訴我們什麼？什麼都沒有。難道他專搭地鐵去一個又一個公園殺害小女孩不成？要是這樣，他為何不乾脆搭五十五號巴士？那樣還能一路到底，根本不必走路。」

「很可能會被逮到。」米蘭德說。

「的確，」柯柏同意，「那班巴士的乘客一向不多，很容易被人指認。」

馬丁・貝克有時真希望柯柏不要那麼多嘴。正當他在舔著信封，要將裝了車票的信封封口時，心中想的正是這個念頭。他試著抓住一個瞬間閃過的靈感；柯柏要是安靜一點，他可能就成功了。那個靈光現在已經消逝無蹤。

送出信封後，馬丁·貝克打給實驗室，要求他們盡快將結果送來。接電話的人是葉勒摩，馬丁·貝克認識他已有多年了。葉勒摩的聲音聽起來很急躁，而且心情不佳。他問說，國王島街和瓦斯貝加兩處警局的諸位先生們知不知道他有多少事要做。馬丁·貝克表示自己很了解他們的工作量有違人性，要是他有足夠的技術，能執行他們那種高精密度的工作，那麼他會非常樂意幫忙。喃喃叨唸幾句後，葉勒摩才答應會馬上處理那張車票。

柯柏出去吃中飯，米蘭德埋首在成堆文件裡。然而，在埋頭苦幹之前，他說：

「我們有法官路車站那個售票員的姓名。要我派個人去和她談談嗎？」

「當然要。」馬丁·貝克說。

他在桌旁坐下，瞥了手上的文件，試著思考。他覺得焦躁難安，認為那是因為疲勞而引起。隆恩探頭進來看看他，一句話也沒說便又消失蹤影。除此之外，他覺得相當平靜。連電話也有好一段時間沒再響起。就在他差點打起瞌睡時——這是以往從未發生過的——電話鈴聲響起。在接起之前，他看看時間。兩點二十分，仍然是星期五。太好了，一定是葉勒摩，他心想。

結果不是葉勒摩，是英格麗·歐斯卡森。

「抱歉打攪你，」她說，「你一定很忙。」

馬丁・貝克喃喃應了一句，聽出自己的口氣很冷淡。

「是你要我打電話給你的。可能並不重要，但我想最好還是告訴你。」

「啊，當然，抱歉，我一時沒聽出是誰打來，」馬丁・貝克說，「發生什麼事嗎？」

「麗娜突然想到柏希週一在公園裡講的一句話——在那件事發生時。」

「哦，是什麼？」

「她說，柏希告訴她，他遇見他的白天爹地。」

「白天爹地？」

他問道，但是心裡想著：有這種事？

「是的。今年初，柏希在日間有個「白天媽媽」。我們這裡日間托兒所非常少，我不知道上班時該怎麼托兒才好，所以就登廣告，幫柏希在亭梅曼斯路找到一個日間保姆。」

「可是你剛剛不是說『白天爹地』？」

「對，但我的意思是，這個白天媽媽有個丈夫。他不是整天都待在家，但常常很早回來，所以柏希幾乎每天都會看到他，於是開始叫他白天爹地。」

「而柏希告訴麗娜，他週一時在坦托朗登公園遇見他？」

馬丁・貝克覺得倦意全消。他伸手去拿記事本，探手到口袋裡找筆。

「對。」歐斯卡森太太說。

「麗娜記不記得，那是在他跑掉之前或之後的事？」

「她很確定他這句話是事後才講的。所以，我才想，最好還是告訴你。我猜這應該和那件事無關。他看起來人非常好、很和善。可是如果柏希遇到他，或許他本人曾經在那裡看見或聽見什麼……」

馬丁・貝克把筆壓在紙上問：

「他叫什麼名字？」

「艾司基爾・安斯哲姆，他是個卡車司機吧，我猜。住在亭梅曼斯路。我忘記門牌號碼了，你能不能等一下，我去查。」

一分鐘後她回來，給了他住址和電話。

「他看起來像個好人。」她說。「我去帶柏希時常看到他。」

「關於遇見這個白天爹地的事，柏希還有說過什麼嗎？」

「沒有。我們剛剛才設法要他多說點，可是他好像已經忘了。」

「那個人長什麼樣子？」

「嗯，很難形容，樣子挺和藹可親的。可能有點卑微、畏怯，不過那大概是因為他的工作之故。大約四十五或五十歲，頭髮稀薄。看起來很普通。」

在馬丁·貝克筆記的當下，他們沉默了一段時間。然後他說：

「如果我沒聽錯，你現在沒把柏希交給這個白天媽媽照顧了？」

「沒有了。他們自己沒有小孩，柏希在那裡很無聊。原本有一家托兒所告訴我有托育名額釋出，可是被一個當護士的媽媽搶走了。她們在這兒有優先權。」

「那麼，現在柏希白天送去哪裡？」

「就在家裡自己帶，我不得不因此辭掉工作。」

「你是什麼時候開始，沒再把柏希送去給安斯哲姆？」

她想了一下說：

「四月第一週，那時候我有一個禮拜的休假。等我再回去工作時，安斯哲姆太太已經新接了一個孩子，沒辦法再照顧柏希。」

「柏希喜歡去她那兒嗎？」

「還好。我想他最喜歡安斯哲姆先生，也就是那個白天爹地。你覺得，給柏希車票的人就是他嗎？」

「我不知道，」馬丁．貝克說，「但是我會查出來。」

「我願意盡力幫忙，」她說，「我們今天晚上就要離開了，你知道吧？」

「是的，我知道。祝你們一路順風。替我跟柏希問好。」

馬丁．貝克掛下電話，想了一會兒，又拿起筒，播了風化組的號碼。

在等候回音之際，他把桌上一份檔案拉過來翻閱，直至找到夜間偵訊羅夫．艾維特．蘭德葛來恩時的記錄。他細讀蘭德葛來恩對自己在瓦納第斯公園見到的那位男子的粗淺描述。歐斯卡森太太對「白天爹地」的描述更粗略，但這當中仍有兩者是同一人的絲微可能。

風化組的檔案裡沒有艾司基爾．安斯哲姆這個人。

馬丁．貝克闔上檔案，走進隔壁房。剛瓦德．拉森坐在桌子後，若有所思地瞪著窗外，用拆信刀在挑牙縫。

「萊納人呢？」馬丁．貝克問。

剛瓦德．拉森不情願地結束摳牙工作，把拆信刀往袖子上抹乾淨說：

「見鬼了，我哪會知道？」

「米蘭德呢？」

剛瓦德．拉森把拆信刀放在筆盒上，聳聳肩。

「在廁所吧，我想。你要幹嘛？」

「沒什麼。你在做什麼？」

剛瓦德・拉森沒有馬上回答。等馬丁・貝克走到門口時他才說：

「這些人真是他媽的神經病。」

「什麼意思？」

「我剛跟葉勒摩講過話。對了，他有事要告訴你。唉，瑪麗亞分局的一個傢伙在翁西圖河濱大道的樹叢裡發現一條女用內褲。他沒跟我們講，就把東西直接交給證物實驗室，說那可能是坦托朗登公園那具屍體遺失的內褲。所以呢，實驗室的兄弟們就站在那裡，瞪著一條連給柯柏穿都嫌太大的粉紅色特大號內褲，同時納悶這到底是他媽的怎麼回事。你能怪他們嗎？幹這一行的到底可以笨到什麼程度？」

「我也常問自己這個問題。」馬丁・貝克說。「他還說了什麼？」

「誰？」

「葉勒摩。」

「要你結束你的電話小敘後打給他。」

馬丁・貝克回到他的臨時辦公桌，打到證物實驗室。

「哦，對，你的地鐵車票，」葉勒摩說，「我們找不出任何有用的指紋，紙張太皺。」

「我就是擔心這個。」馬丁・貝克說。

「我們還沒完全弄好。稍後我會送例行報告給你。嗯，對了，我們倒是發現了一點藍色的棉布纖維，可能是來自口袋襯裡。」

馬丁・貝克想到柏希抱在手上的那件藍色小夾克。他謝過葉勒摩便掛斷。他接著打電話叫計程車，穿上外套。

此時是週五下午，雖然時間還早，但路上已經開始出現週末出城的車陣。過橋的交通擁擠而緩慢，雖然司機技巧高超地左鑽右竄，仍然花了將近半個鐘頭才抵達南邊的亭梅曼斯路。

這地點坐落在靠近火車南站之處。屋舍又老又破舊，入口處陰暗濕冷。一樓只有兩扇門，其中一扇開向鋪有水泥的庭院，院子裡放著幾個垃圾桶，以及撣灰塵用的地毯架子。馬丁・貝克在第二善門那生銹的銅牌上勉強認出安斯哲姆這個姓氏。門鈴的按鈕不見了，他用力敲打門板。

前來開門的女人大約五十歲，長得瘦瘦小小，穿著棕色毛料洋裝，以及一雙用長絨毛巾料做的花拖鞋。透過十分厚重的鏡片，她狐疑地看著馬丁・貝克。

「安斯哲姆太太？」

「是的。」她的嗓音很粗，不像是會從一個如此瘦弱的女人口中發出的聲音。

「安斯哲姆先生在家嗎？」

「不——不在。」她緩緩地說。「你要做什麼？」

「我想跟你談一談。我認識一個你托育的小孩。」

「哪一個？」她懷疑地問。

「柏・歐斯卡森。他母親給了我這個地址。我可以進去嗎？」

女人打開門，他走過小甬道，經過廚房，踏進屋內的房間。他可以看到窗外的垃圾桶和地毯架。一張沙發床堆著幾個互不搭襯的靠墊，這是這間陳設簡陋的房間裡最顯目的家具。馬丁・貝克看不出這裡有小孩來過的跡象。

「抱歉，」女人說，「有何貴幹？柏希發生什麼事嗎？」

「我是警察。」馬丁・貝克說。「這純粹是例行公事，你不必擔心。而且柏希很好。」

女人起初似乎很害怕，這下子她才開朗起來。

「我有什麼好擔心的？」她說，「我才不怕警察。是有關艾司基爾的事嗎？」

馬丁・貝克對她報以微笑。

「是的，安斯哲姆太太。其實我是要來和你的先生談談。對了，他前幾天好像遇到柏希。」

「艾司基爾？」

她眼神哀痛地看著馬丁．貝克。

「是的，」他說，「你知道他何時會回來嗎？」

她藍眼圓睜地瞪著馬丁．貝克。那對雙眸透過厚厚的鏡片看起來更顯異常巨大。

「可……可是，艾司基爾已經死了。」她說。

馬丁．貝克驚訝地看著她。隔了一陣子才回過神來：

「啊，非常抱歉，我不知道這件事。實在抱歉。這是何時的事？」

「今年四月十三日，車禍。醫生說他斷氣前沒有折磨太久。」

女人走向窗邊，凝視窗外陰鬱的院子。馬丁．貝克望著她瘦骨嶙峋的背和那件過大的洋裝。

「請接受我最真誠的哀悼，安斯哲姆太太。」他說。

「艾司基爾開車去索德拉來，」她繼續說，「那天是星期一。」她轉過身，用更堅定的口氣說：「艾司基爾開卡車開了三十二年，駕駛記錄乾淨得很。那不是他的錯。」

「我了解。」馬丁．貝克說。「實在非常抱歉這樣打擾你。這當中一定是有誤會。」

「撞上他的那幾個不良少年，隨隨便便就被釋放了，」她說，「連車子是偷來的也沒關係。」

她點點頭，眼神顯示她的心思飛馳已遠。她走向沙發，撫弄著幾張靠墊。

「我該告辭了。」馬丁・貝克說。

他突然有一種彷彿就快窒息的壓迫感。他很希望讓這位哀戚的女子陪送一段，就此走出那陰鬱的房間，但他抑制下來說：

「如果你不介意，我能否在離開前看一下你先生的照片？」

「我沒有艾司基爾的照片。」

「可是你總有護照吧？或是駕照？」

「我們哪裡也沒去過，所以艾司基爾沒有護照。而駕駛執照已經很舊了。」

「可以讓我看看嗎？」馬丁・貝克問。

她打開抽屜，拿出駕照。上面登記的名字是艾司基爾・約翰・亞伯特・安斯哲姆，執照是一九三五年核發的。照片上是一個年輕人，一頭光亮、波浪式的頭髮，大鼻子，細薄的小嘴。

「他現在不是長這個模樣了。」女人說。

「現在長什麼樣子？你能描述一下嗎？」

她似乎對這個問題毫不驚訝，立即就回答：

「他沒有你那麼高，但比我高一點，相當瘦。他的頭髮白了，而且也開始掉。此外，我就不知道還要講什麼。他的長相滿好看——至少我這麼認為。雖然有個大鼻子和小嘴巴，談不上英俊，但還是滿好看的。」

「謝謝你，安斯哲姆太太，」馬丁．貝克說，「我打擾太久了。」

她送他到門口，直到他關上外面的大門，她才把屋門關上。

馬丁．貝克深吸一口氣，沿著街道快步往北走，他只希望趕快回到辦公室。

他的辦公桌上擺著兩張短箋。

第一張是米蘭德留的：「售出地鐵票的女子名為闞妲．裴森；什麼也不記得，沒有時間看乘客的臉，她說」。

另一張是哈瑪留的：「快來，十萬火急」。

20.

剛瓦德．拉森站在窗邊看著六名修路工人，而那六名修路工人則在一旁看著第七名修路工人。至於那第七名修路工人？他正靠著一把鏟子，無所事事地站著。

「這讓我想起一個故事。」他說。「有一次，我們開著一艘掃雷艇停在卡爾馬港。我和大副坐在駕駛艙，守衛進來說：『長官，請過來看看，碼頭邊站了一個死人。』我說，『死人不會站在碼頭邊，腦袋清醒一點，強森。』『可是，長官，』他說，『那一定是死人，我一直盯著他，那人已經好幾個小時都沒動了。』大副起身，從艙口往外看，然後說道：『啊哈，那是市政府的工人呀。』」

街上那名工人任由鏟子掉在地上，和其他人一起走了。此時五點鐘，仍然是星期五。

「這工作還不錯，如果能掙到一個位子的話，」剛瓦德．拉森說，「只要天天站在那裡乾瞪眼就行了。」

「那你自己又在幹什麼？」米蘭德問。

「當然是站在這裡乾瞪眼啊！副署長辦公室如果在對街，我跟你打包票，他一定會站在窗子那裡瞪著我。如果署長辦公室是在這邊樓上，他也會站在那裡瞪著對面的副署長。如果內政部長……」

「閒話少說，接電話。」米蘭德說。

馬丁·貝克剛剛走進房間。他站在門邊，若有所思地看著剛瓦德·拉森，後者正好在說：「你要我怎麼樣？派警犬車去不成？」他用力摔下話筒，瞪著馬丁·貝克說：「你怎麼啦？」

「你剛才講的話，讓我想到……」

「警犬車嗎？」

「不是，在那之前講的。」

「讓你想到什麼？」

「不知道。某件我還弄不清楚的事情。」

「你不是唯一有這種問題的人。」剛瓦德·拉森說。

馬丁·貝克聳聳肩。

「今天晚上要做一次全面臨檢，」他說，「我剛剛和哈瑪談過。」

「臨檢？可是大家都已經筋疲力竭了。」剛瓦德・拉森說。「想想看，明天大家會變成什麼樣子？」

「此舉似乎沒什麼建設性，」米蘭德說，「是誰的主意？」

「不知道，哈瑪對這個主意似乎也不太高興。」

「這陣子還有誰高興得起來？」剛瓦德・拉森說。

做這項決定時，馬丁・貝克並不在場，當時如果有機會，他很可能會反對。他懷疑高層做此決定的動機並非針對調查工作本身，只不過是為了一種籠統的感覺，亦即覺得應該要做點什麼吧。警方的立場確實非常困難，報紙和電視以曖昧的報導煽動民眾，有人開始說「警方毫無作為」，或說警方「束手無策」。目前有七十五名成員參與實際的追緝工作，承受的外來壓力非同小可。每小時都有一堆民眾提供的線索湧入，每條線索都必須查證，雖然隨便瞄一眼都能看出其中絕大多數根本是無用資訊。此外，還有警方自己的內在壓力，他們知道非得逮到這個兇手不可，而且要盡快。這起調查工作是一場和死亡角力的競賽，但是他們目前掌握的線索非常少。他們手上有一份對兇手的模糊描述，是基於一個三歲小孩和一個殘暴的搶劫犯提供的證據。除此之外，就是一張地鐵車票，還有對追捕對象心理狀態的大略了解。這一切既不具體，又令人不安。

「這不是調查，是猜謎遊戲。」對於那張地鐵車票，哈瑪這麼說。

雖然這是哈瑪的口頭禪，馬丁・貝克以前已經聽過無數次，但就眼前情況而言，如此說法卻相當恰當。

當然，進行大規模臨檢可能會得到某種線索，但這種可能性微乎其微。最近一次大臨檢也不過才週二晚上，但那次的主要目標是捕捉搶劫犯，結果也失敗了。即便如此，他們還是因此抓到大約三十名各形各色的罪犯，以毒販和盜賊為主。這不但讓警察加重工作負擔，更讓黑社會一片風聲鶴唳。

今晚再來一次臨檢，意謂明天很多人會疲憊不堪。而明天，或許……

可是上面要求臨檢，所以他們也就進行臨檢了。大約十一點鐘時，警方展開行動，消息像野火一樣迅速傳遍各地非法占據的空屋和毒窟。結果令人失望。小偷、贓物商、流氓、娼妓，甚至大多數的毒蟲全都聞風而逃。一小時接一小時過去，突襲以叱吒風雷的聲勢持續進行。他們在犯案現場逮到一名盜賊，也抓到一個不知好歹的贓物商。整體來說，警方真正成功的，就是攪擾那些社會渣滓的生活——那些無家可歸者、酒精中毒者、犯了毒癮的人、已經喪失所有希望的人——當這個福利國家有了騷動，這些人連爬到一旁閃躲的力氣都沒有。警方還在某處閣樓上發現一名十四歲女學生，她渾身赤裸，吃了五十片迷藥，至少遭人強暴了二十次。警方趕到時，全屋子只剩下她一個人。她流著血，又髒又臭，而且全身是傷。她還能講話，模模糊糊地述說事發經過，而且說她不在乎。警方甚至連她的衣服都找不到，只得用舊被單把人裹起來。他們把她載到她說出的一處地址，一個聲稱是她母親的女人說女孩已經失蹤三天了，還拒絕讓她進門。只有等到女孩在階梯上昏倒時，他們才叫了一輛救護車。當晚還有好幾樁類似案件。

四點半時，馬丁．貝克和柯柏坐在一輛停在史克邦街的車內。

「剛瓦德這個人有點怪。」馬丁．貝克說。

「是啊，他笨笨的。」柯柏說。

「不是，我是指別的。他有種我說不出來的東西。」

「哦？」柯柏打了個呵欠說。

此時，警報從無線電傳來。

「這是第五區的韓森。我們正在費斯曼納街。我們在這裡發現一具屍體，而且……」

「怎麼樣？」

「他符合描述。」

他們直接開車前往。那棟房子前已經停了幾輛警車。在三樓的一間房裡，死者仰面躺著。他竟然有辦法爬上去，著實了不起，因為那棟房子已經半倒，梯階大多已經不見了。馬丁．貝克和柯柏藉著警察架妥的輕便鋁梯上樓。那名死者大約三十五歲，五官鮮明，穿著淺藍色襯衫和暗棕色長褲，黑色的皮鞋十分陳舊，沒有襪子；稀疏的頭髮往後梳。他們看著他，有人摀著嘴打了一個呵欠。

「沒什麼好做了，先圍上警戒線，等鑑識部門來處理。」柯柏說。

「不必等他們來也知道。」老經驗的韓森說。「嘔吐窒息而死，外觀上一清二楚。」

「的確，看來如此，」馬丁．貝克說，「依你看，他死多久了？」

「沒多久。」柯柏說。

「不是很久。」韓森說。「這種熱天，不可能死太久。」

一個鐘頭後，馬丁．貝克回家去，柯柏回到國王島街的總局。

他們在分開前交換了一下意見。

「確實符合描述。」

「簡直太符合了。」馬丁．貝克回答。

「而且區域也對。」

「得先查出他是誰。」

馬丁．貝克回到位在巴卡莫森的家中，時間是六點半。他太太顯然剛起床，總之她人醒著，但還躺在床上。她以非難的眼光看著他說：

「瞧你那副鬼樣子。」

「你怎麼沒穿睡衣？」

「太熱了。犯著你啦？」

「沒有，我不在乎。」

他覺得全身汗臭，但他實在太累，已經顧不了那麼多。他脫下衣服，換穿睡衣爬上床，心想，他媽的，先前是犯了什麼傻，竟然買雙人床。下次發薪，我要去買一張躺椅擺在別的房間睡。

「我這樣讓你興奮起來了嗎？」她嘲諷地說。

可是他已經呼呼大睡了。

•

同一天早上十一點，馬丁．貝克回到國王島街總局，雙眼依然浮腫，但至少洗過澡，精神稍微舒爽一些。柯柏還在局裡，費斯曼納街那個死者的身分還沒辨認出來。

「他口袋裡沒有任何證件，連張地鐵票也沒有。」

「法醫怎麼說？」

「嘔吐窒息，毫無疑問。可能是喝了防凍劑，有個空罐子在那裡。」

「死多久了？」

「據外觀研判是二十四小時。」

他們沉默地坐了一會兒。

「我認為不是他。」柯柏說。

「我也認為不是。」

「但這種事很難講。」

「是很難。」

兩小時後，那名搶劫犯去看屍體。

「我的老天，真噁心。」他說。過了一會兒又說，「不是，我看到的不是他，我從來沒見過這個傢伙。」

他隨後開始嘔吐起來。

這算哪門子硬漢，隆恩心想。他的手和這名搶劫犯的手銬在一起，因此得陪他進廁所。但是他什麼也沒說，只拿了紙巾擦擦蘭德葛來恩的嘴巴和額頭。

在總局，柯柏說：

「沒有確定的線索，一切還是老樣子。」

「確實如此。」馬丁・貝克同意。

21.

柯柏的太太打電話來，此時是星期六晚上七點四十五分。

「哈囉，我是柯柏。」他接起電話來說。

「看在老天的份上，萊納，你到底在做什麼啊？從昨天早上到現在都沒回家。」

「我知道。」

「我不想發牢騷，可是我實在討厭自己一個人待在家裡。」

「我知道。」

「你知道我沒生氣，也不是在抱怨，可是我好寂寞，而且也有點害怕。」

「我了解。好啦，我現在就回家。」

「如果有事得辦，不必只為了我一個人就跑回來。我只要能和你講講話就好。」

「好啦，我現在馬上回家。」

她暫停一會兒，然後以出乎意料的溫柔口吻說：

「萊納？」

「怎麼了？」

「我不久前在電視上看到你，你看起來好疲倦。」

「我的確很疲倦。現在就回家，再見。」

「再見，親愛的。」

柯柏跟馬丁・貝克講了幾句話，就直接去開車了。

和馬丁・貝克、剛瓦德・拉森一樣，柯柏也住在城南，但是更偏中央區域。他住在靠近史卡瑪布林地下鐵車站的帕連得路。他直直地駛過市區，只是當車子來到閘門廣場時，他沒有繼續往南，反而右轉開上鹿角街。他不難理解自己的這種行為。

除了職務和責任外，他現在已經沒有私人生活，沒有休息時間，也沒有空閒顧及其他事情。只要兇手仍然在逃，只要還有陽光、還有公園，而且只要公園裡還有小孩在玩耍，那麼，就只有調查工作才是重要的。

或者應該說，只有追緝兇手才是重要的。說到警察的調查工作，前提是警方得有事實資料可著手，然而，他們原有的少數幾樣事實，早就被調查機器絞成不可靠的碎片了。

他想起那篇心理分析報告的結論：兇手是一個沒有形貌、沒有特質的人物。所以他們唯一的目標，就是在他有時間著手再犯之前逮到人。要達成這個目標，警方需要運氣——在晚間記者會結束後，就有一名記者這麼說。柯柏知道，這是一種錯誤的推斷。他也知道，一旦他們逮到兇手——他確信他們會逮到——看起來也好像是因為運氣好，很多人會認為他們純粹只是僥倖罷了。然而，這是一個即使是運氣不錯、也需要從旁輔助撐持才能偵破的案子。他們必須布下緊密的天羅地網，讓罪嫌終究無路可逃。而這個工作便落在他的肩上，也落在每一名警察的肩上。這不是任何警界之外的人所背負的責任。

這就是為什麼柯柏沒有直接開車回家，雖然他非常想這麼做。他沿著鹿角街緩緩西行。

柯柏是個十分講究方法的人，他從不將「運氣」列入警察工作的範疇。譬如說，他就認為，即便那面公寓門舊得搖搖欲墜，拉森採用破門而入的手法去逮捕搶劫犯，便是犯了重大錯誤。要是大門沒有在第一次撞擊時就裂開呢？破門而入需要運氣，因此這有違他的做事原則。就這點而言，甚至連馬丁．貝克都和他不同。

他在瑪麗廣場一帶繞行，仔細觀察花園裡和攤販四周的孩童。他知道，這一帶是許多學童少年和小型毒販進行買賣的地方。每天都有大量各式麻藥和迷幻藥偷偷摸摸地從賣家手裡交易到買家手中。而買家的年紀一天比一天降低。他們很快都會染上毒癮。前一天他才聽說有十歲、十一歲的女童注射毒品。但警方能做的並不多，根本沒有足夠的資源。更糟糕的是，這個國家的大眾媒體一再喧染，變本加厲地助長了惡風，讓沉溺毒海的人進一步深陷自吹自擂、不辨安危的歧途幻境。總之，他懷疑制止他們染毒本來就不該是警察的職責。年輕人會吸毒，是經由流行文化鼓動的惡質哲學造成的。由此推論，社會有責任產生一種有效的反對論，加以抗衡。而這個反對論，不應該以矯飾門面和更多警力為基礎。

他同樣不能理解，警察用軍刀警棍毆打甘草市場和美國交易中心外的示威群眾到底有何意義。雖然他知道，那些同事多少是因為職責所迫才會這麼做。

偵查員萊納・柯柏把車子轉向玫瑰園老人院路和盾牌街，開過坦托路的迷你高爾夫球場，他沿途心裡想的都是這一類的事情。他停好車子，步上一條通往公園的小道。

天色快暗了，四下行人不多。不過，當然還有一些小孩在附近玩耍。他轉念一想，在一座大城市中，你也不能因為一個殺人犯尚未落網，就要所有小孩全關在屋內，不要出來。柯柏走去站在一叢稀疏的灌木叢中，右腳踏在樹的斷株上。他從這個角落可以看見幾個小花園，以及五天前那女孩遺體躺落的地點。

他不知道自己是因為什麼特殊的理由，才被吸引來到這個特定地點；也許只是因為此處是市中心占地最廣的公園，而且剛好就在他返家路上。他看見遠處有幾個大個兒的孩子，可能都十來歲了。他靜靜站著，等著。他不知道在等什麼，也許是等那些孩子回家吧。他非常疲倦，偶爾還覺得眼前金星直冒。

柯柏沒有攜帶武器。即使在這種幫派氾濫、犯罪殘暴程度漸增的時代，他仍然支持提倡警察應該完全不攜械。只有在極端必要、而且也只有在接獲直接命令，必須如此準備時，他才會隨身攜帶手槍。

一列火車轟轟隆地駛過高架鐵軌。在車輪轟隆聲開始消逝時，柯柏才意識到灌木叢裡不是只有他一人。

隨後，他就一頭栽在露濕的草地上，嘴裡有鮮血的滋味。有人敲了他的頸背一記，力道非常猛，而且像是使用了某種武器。

無論偷襲柯柏的是誰，他顯然犯了錯誤。類似的錯誤過去也曾有過，有幾個人甚至因此受傷不輕。

錯上加錯的是，攻擊者把自身的重量連同那一擊一起揮出，導致自己失去平衡。柯柏不到兩秒內就翻過身來，將攻擊者壓倒在地——那個高大的男人砰地一聲摔倒。柯柏只有這麼一點時間可對付他，因為旁邊還有第二個傢伙。那人一臉震驚，右手正要插進夾克口袋。柯柏雖然有一邊膝蓋仍然著地，卻能及時抓住他的手臂，使勁一扭，對方露出更為訝異的表情。如果柯柏沒有留一手，就讓那人過肩摔進樹叢，那一抓很可能早就能讓對方脫臼，甚至骨折。

敲他一記的那個男人坐在地上，五官痛苦地扭曲著，左手摸著自己的右肩。橡皮棍從他手上掉了下來。他穿著一套藍色田徑服，看起來比柯柏年輕幾歲。第二個人從樹叢裡爬出來。那人比較老，也比較矮小，穿著燈芯絨布夾克和運動長褲。兩個人都穿著橡膠底的白色運動鞋，看起來像一對業餘的遊艇選手。

「你們在搞什麼鬼？」柯柏問。

「你是誰？」穿田徑服的那個人問。

「警察。」柯柏回答。

「哦。」比較矮小的那個說。

他已經站起來，畏怯地拍掉長褲上的塵土。

「那麼，我想我們應該說抱歉。」第一個人說。「真是好身手，你是在哪裡學到的？」

柯柏沒有答腔。他看見地上有一個扁平的東西，於是蹲下去把它拾起，隨即認出那是什麼。是一把西班牙製的黑色小型阿斯特拉手槍。他把槍放在掌心上秤了秤，懷疑地看著那兩人。

「這到底是怎麼回事？」他說。

大個子站起來，抖掉身上的塵土。

「就像我剛剛說的，我們向你道歉。你站在樹叢後偷窺那些小孩……你知道的，那個殺人犯……」

「所以呢？說下去。」

「我們就住在那上面。」小個子說，指指鐵路對面的那棟公寓。

「所以？」

「我們自己也有小孩，而且，我們認識那天被殺的那女孩的父母。」

「所以？」

「所以，為了幫忙……」

「怎樣？」

「我們組織了巡邏公園的志願民兵。」

「你們什麼？」

「我們組織了一支自衛隊……」

柯柏突然火冒三丈。

「你到底在講什麼，老兄？」他吼起來。

「不必對我們大吼大叫。」比較老的那個生氣地說。「我們可不是牢裡那些可以任你亂凶、亂指使的醉漢。我們是有責任感的正經老百姓，得保護自己和孩子。」

柯柏瞪著他，正準備開口大罵，但是勉強控制住自己，並盡己所能地用最平靜的聲音說：

「這是你的槍嗎？」

「是。」

「你有持槍執照嗎？」

「沒有。這是我幾年前在巴賽隆納買的。正常情況下，我都把它鎖在抽屜裡。」

「正常情況下？」

一輛從瑪麗亞分局來的黑白色巡邏車，亮著車頭燈駛進公園。此時天已快黑了，兩名穿著制服的警察下車。

「怎麼回事？」其中一個問。

他隨即認出柯柏，便用不同的口氣又問一次：

「怎麼回事？」

「把這兩個人帶回局裡。」柯柏的語氣沒有起伏。

「我這輩子從來沒上過警局。」比較老的那個說。

「我也沒有。」穿田徑服的那個說。

「那好，現在機會來了。」柯柏說。

他停了一下，看看兩名警察，然後說：

「我隨後就到。」

接著他就轉身走開。

位在玫瑰園老人院路上的瑪麗亞分局裡，已經有一票醉漢在那裡等著。

「我應該怎麼處理那兩個土木工程師？」值勤警員問。

「先搜身，然後把人關進牢裡。」柯柏說。「等一下我會把他們帶去總局。」

「你會吃不完兜著走的。」穿田徑服的那個說。「你知道我是誰嗎？」

「不知道。」柯柏說。

他到警衛室去打電話。在撥家裡的號碼時，他難過地看著室內老舊的陳設。他以前曾在這裡服勤，那似乎已經是許久之前的事了。即使那時，這地方就已經是酒鬼最多的區域。現在附近居民的水準是提高了，但就統計數字來看，它還是酒鬼第三多的區域，僅次於克萊拉區和卡塔力那區。

「柯柏家。」他太太接電話。

「我會晚點到家。」他說。

「你聲音怪怪的，有什麼不對勁嗎？」

「有，」他說，「所有事情全都不對勁。」

他掛斷電話，動也不動地坐了一會兒。接著，他打給馬丁・貝克。

「我剛剛在坦托朗登公園被人從後面敲了一棍，」他說，「是兩個武裝的土木工程師。他們在這邊組了一支自衛隊。」

「不只那裡，」馬丁・貝克說，「一個小時前，才有一個退休老人在綠地公園被打。他只是在那裡撒個尿。我才剛剛聽說。」

「看來越來越糟糕了。」

「是的。」馬丁・貝克說。「你現在在哪裡？」

「還在瑪麗亞分局。坐在審問室裡。」

「你怎麼處理那兩個人？」

「他們在這邊的牢裡。」

「把他們帶過來。」

「好。」

柯柏到底下的牢房。很多牢籠裡都關了人。穿田徑服那個男子站在牢裡，透過鐵欄杆往外乾瞪眼。隔壁牢裡坐著一個年約三十五歲的高瘦男子，膝蓋彎得高高地觸到下巴。他正以哀怨而嚮亮的聲音唱著：

「我的錢包空空如也，我的痛苦滿懷……」

唱歌的傢伙瞧見柯柏，便說道：

「嘿，警官，你的槍呢？」

「沒帶。」柯柏說。

「這裡真是他媽的西部蠻荒。」守衛說。

「你幹了什麼好事？」柯柏問。

「啥也沒做。」那個人說。

「那倒是真的。」守衛說。「我們馬上就要放他走。他是幾個海軍軍警帶來的。五個軍警，你想想看，他去騷擾人家在史蓋泊港站崗的守衛。他們就把人一路送進這裡。白痴嘛。說什麼他們找不到其他更近的警局。我不得不把他關起來，才把他們打發走。搞得好像我們這裡事情還不夠多似的……」

柯柏走到下一間牢房。

「現在你可進過警察局了，」他對穿田徑服的那男子說，「你等一下還會見識到總局的樣子。」

「我會去控告你失職。」

「我想你不會。」柯柏說。

他拿出記事本。

「在我們離開這裡之前，我要先知道你們組織裡面每個人的姓名和地址。」

「我們不是什麼組織。我們只是一群有家室的男人……」

「在公共場所武裝埋伏，而且隨時準備攻擊警察。」柯柏回嘴。「現在把名單報上來。」

十分鐘後，他把這兩個有家室的男人塞進車子後座，載去國王島街總局，搭上電梯，然後將人推進馬丁・貝克的辦公室。

「只要我還有一口氣在，你就會為這件事懊悔不及。」比較老的那個說。

「我唯一會懊悔的，就是沒折斷你的臂膀。」柯柏頂回去。

馬丁・貝克很快地向他使了一個眼色，說道：

「可以了，萊納，你快回家吧。」

柯柏便走了。

穿田徑服的男子開口想講話，但被馬丁・貝克制止。他用手勢叫他們坐下，自己把兩肘靠在桌上，雙掌相合，坐在那裡沉默了幾分鐘。他說：

「你們所做的事無可辯解。組織自衛隊，對社會而言，這種想法比任何單獨的罪犯或幫派都還危險數倍。這種事情，無非是給私刑和恣意自我執法找藉口，此舉等於是把社會保護大眾的體制棄之不顧。你了解我的意思嗎？」

「你講話像在照本宣科。」穿田徑服的男子譏諷地說。

「完全正確。」馬丁・貝克回答。「這些是基本事實，基本教義問答。你了解我的意思嗎？」

大約花了一個鐘頭，他們才懂得他的用意。

柯柏回到帕連得路的家時，他太太正坐在床上打毛線。他一語不發，脫掉衣服進浴室去淋浴，然後爬上床。他太太放下毛線針說：

「你脖子上有個大瘀青，誰打你？」

「把你的手臂放過來抱抱我。」他說。

「我的肚子擋路，可是……好吧。誰打你？」

「幾個他媽的業餘人士。」柯柏說著便睡著了。

22.

週日早上吃早餐時，馬丁·貝克的太太說：

「你怎麼了，怎麼逮不到那個怪物啊？瞧瞧昨天萊納碰到什麼事，真慘。不怪大家會害怕；可是，連警察都對付，那可就有點太過分了。」

馬丁·貝克彎腰駝背地坐在桌旁。他穿著睡袍和睡衣，還忙著回想剛剛醒來前做的夢。那是一個不太愉快的夢，和剛瓦德·拉森有關。他捻熄今天的第一根菸，看著他的太太。

「他們不知道他是警察。」他說。

「有差嗎，」她說，「還是很過分。」

「是的，非常過分。」

她咬了一口吐司，對菸灰缸裡的菸蒂皺起眉頭。

「怎麼一大早就抽菸，對你的喉嚨不好。」

「的確不好。」他說著，邊把手從睡袍口袋裡抽出。

他本來打算再點一根的，但現在卻沒把菸從口袋裡拿出來。他心想：英雅說得沒錯，抽菸當然對我不好，我實在抽得太凶，瞧瞧這後果。

「你抽得太凶了，」她說，「瞧瞧這後果。」

「我知道。」他說。

他不知道這句話在這十六年來，她已經說過幾次，恐怕連猜都猜不到了。

「孩子們還在睡嗎？」他藉此改變話題。

「是啊，放暑假了。我們那個女兒昨天晚上很晚才回來。我不喜歡她那麼晚出門，尤其是在那個瘋子還沒抓到的這時間點。她還是個小孩子。」

「她都快十六歲了，」他說，「再說，據我所知，她是和隔壁那個朋友在一起。」

「昨天樓下的尼爾森說，為人父母的讓小孩出去亂跑，不好好看管，那只能怪自己。他說，我們社區裡有一些少數人士——暴露狂之類的——總在找門路發洩自己的凶惡本性，誰的自家小孩子要是遇到麻煩，那是父母的錯。」

「誰是尼爾森？」

「住我們下面的那個生意人。」

「他有小孩嗎？」

「沒有。」

「那有什麼好講的。」

「就像我說的嘛，他不知道家裡有小孩的難處，人家做父母的會多擔心啊。」

「你怎麼會去跟他聊天？」

「哎呀，敦親睦鄰啊。你好歹有時也對人家友善一點，這對你不會有壞處的。總之，他們是很好的人。」

「聽起來不像。」馬丁．貝克說。

意識到戰火即將點燃，他趕緊喝光杯中的咖啡。

「我得趕緊去換衣服了。」他說著說著站了起來。

他走進臥室，在床沿坐下。英雅在洗碗盤。他聽見水聲停止，而她的腳步聲逐漸迫近，便迅速溜進浴室，將門鎖上。他打開水龍頭，脫下衣服，泡進熱水缸裡。

他靜靜躺著，放鬆心神。他閉上眼，試圖回想自己的那場夢。他想到剛瓦德．拉森。他和柯柏都不喜歡剛瓦德．拉森，但他們偶爾得跟他共事，他猜恐怕連米蘭德都不是很欣賞這位同事，儘管米蘭德沒有表露出來。剛瓦德．拉森有一種能讓馬丁．貝克心煩的罕見能力，即使是在這當下只是想到他這個人，馬丁．貝克就覺得似乎要生起氣來。可是，就某方面而言，他覺得自己此時的煩躁和拉森個人並無關聯，反而是和他曾經說過、或是做過的某件事有關。馬丁・貝克感覺到剛瓦德・拉森說過、或做過某件很重要的事——某件對公園謀殺案具有關鍵性的事。無論那是什麼，總之，他非常困惑，而且此時令他煩躁的正是那件事情。

他打消念頭爬出浴缸。大概是和所做的夢整個混淆在一起吧，他邊刮鬍子邊想。

十五分鐘後，他坐在進城的地鐵火車上，打開早報。頭版上是一張女童謀殺犯的畫像，是由警方畫家根據證人——最主要是羅夫・艾維特・蘭德葛來恩——提供的簡略描述繪成。大家都不滿意這張畫像；尤其是繪製的畫家和羅夫・艾維特・蘭德葛來恩。

馬丁・貝克把報紙拿遠一點，瞇起眼端詳那張畫像。他納悶，這張畫和他們要追捕的人究竟近似到何等程度。他們也把畫像拿去給安斯哲姆太太看過。起初，她說那一點也不像她死去的先生，後來又承認可能有些許相似。

畫像底下有一段不完整的描述。馬丁・貝克讀了那段短文。

突然間，他整個人坐直。一陣暖流掠過心頭，他屏住呼吸。他在剎那間明白，自從抓到那個搶劫犯後，是什麼事情一直讓他煩惱，是什麼原因一直教他惶惶不安，而且為什麼會和剛瓦德・拉森有所關聯。

就是那段描述。

剛瓦德．拉森根據蘭德葛來恩對那個人所做的描述總結，和馬丁．貝克兩週前聽到他在電話上說過的話，幾乎是一字一句兩相重疊。

他記得自己站在檔案櫃旁，聽見剛瓦德．拉森接起那通電話。米蘭德當時也在房裡。

他不記得整段談話內容，但依稀記得那是一個女人，她要報警，說對面公寓樓房有個男子一直站在陽台上。剛瓦德．拉森曾要她形容那個男子，而他覆述的字眼和後來蘭德葛來恩受訊時使用的字眼幾乎一模一樣；而且那報案的女子還說，那個男子一直在注視街上玩耍的小孩。

馬丁．貝克把報紙摺好，望向窗外，試圖回想那天早上他們到底說了什麼，做了什麼。他知道那段電話上的對話是在哪天發生，因為在那之後不久，他就開車到中央車站，再搭火車前往莫塔拉市。那天是六月二日星期五，正好是瓦納第斯公園謀殺案發生的前一週。

他試著回想來電的女子有沒有留下地址。可能有。倘若如此，那麼剛瓦德．拉森應該會把它記在某處。

隨著火車接近市中心，馬丁．貝克對自己這個想法也越感消沉。那個描述如此簡略，大概有上千名民眾符合。就算剛瓦德．拉森在兩個完全不相同的場合使用一模一樣的字眼，也未必表示它所指的正是同一個人。就算一個男子整天整夜都站在自家陽台，也未必表示他就是兇手。即使馬丁．貝克過去曾有靠靈感解決困難疑案的經驗，也不表示這次會同樣奏效。

不過，還是值得一試。

通常，他都在T中央站下車，然後走過克萊拉堡陸橋，前往國王島街總局，但他今天改搭計程車。

剛瓦德·拉森正坐在桌旁喝咖啡，柯柏則一腿搭著桌沿，正在咬一塊派餅。馬丁·貝克坐進米蘭德的座位，看著剛瓦德·拉森說：

「你記不記得，在我去莫塔拉市的那天，曾經有一個女人打進來？她說要報告自家對街有個男人老是站在陽台上？」

柯柏把剩下的派餅整個塞進嘴裡，驚愕地看著馬丁·貝克。

「媽的，沒錯。」剛瓦德·拉森說。「那個瘋婆子。她怎麼樣？」

「你記不記得她如何描述他？」

「當然不記得。我怎麼會記得這些瘋瘋癲癲的人說什麼？」

柯柏有點卡地嚥下食物說：

「你們在說什麼？」

馬丁·貝克揮手叫他安靜，繼續說：

「努力想，剛瓦德，這可能很重要。」

剛瓦德・拉森一臉狐疑地看著他。

「為什麼？好啦，等等，讓我想想。」過了一會兒，他說：「好，我想好了。我不記得，我不覺得那個人有什麼特別，他顯然長得很普通。」

他把一根指關節探到鼻孔裡挖一挖，皺起眉頭。

「是不是他的褲子拉鍊沒拉好？不，等等……不對，是他的襯衫沒扣好。他穿著白襯衫，釦子沒扣……對了，現在我想起來了。那個老女人說，他有一雙灰藍色的眼睛，所以我問她那條街是不是很窄。然後你知道她說什麼嗎？她說那條街一點也不窄，她是拿望眼鏡在觀察他。神經病，她一定是個偷窺狂，她才是應該被抓去關的人。沒事坐在那裡用望遠鏡偷看男人……」

「你們在講什麼？」柯柏又問一次。

「我還正想問你呢，」剛瓦德・拉森說，「為什麼這件事突然這麼重要？」

馬丁・貝克沉默地坐在那裡，片刻後才說：

「我之所以恰巧想到那個陽台上的男人，是因為拉森在覆述那個來電報案的女人的形容詞，和他在總結蘭德葛來恩描述瓦納第斯公園那個人時所用的字眼是完全一樣的。稀疏的頭髮往後梳，大鼻子，中等身高，沒扣鈕釦的白襯衫，棕色長褲，灰藍色眼睛。對不對？」

「可能吧。」剛瓦德・拉森說。「我不是完全記得。但總而言之，那個敘述也和蘭德葛來恩提到的男子相符。」

「你的意思是，那可能是同一個人？」柯柏懷疑地問。「但那描述沒有特別之處不是嗎？」

馬丁・貝克聳聳肩。

「對，那敘述沒有告訴我們太多。但是，自從我們訊問過蘭德葛來恩之後，我就一直有種預感，殺童兇手和那個陽台上的男子有某種關聯。只是今天之前，我一直沒想清楚那關聯到底是什麼。」

他摸著下巴，尷尬地看著柯柏。

「我知道這是一個非常薄弱的假設，沒有太多憑據。但是，可能還是值得查證。」

柯柏起身走到窗邊。他背靠窗戶站著，雙臂交握胸前。

「嗯，有時候，薄弱的假設……」

馬丁・貝克還是盯著剛瓦德・拉森。

「來，回想一下那通電話。那個女人打進來的時候說了什麼？」

剛瓦德・拉森攤開兩隻大手。

「她就是那麼說啊！說她要報告對街有個男人站在陽台上，她覺得很奇怪。」

「為什麼她覺得奇怪？」

「因為他幾乎隨時都站在那裡，就連晚上也是。她說，她用望遠鏡觀察他，說他站在那裡看底下大街的車子，還有在街上玩的小孩。然後呢，因為我沒有表現得很感興趣，她就發起脾氣。我何必感興趣？每個人都有權站在自家陽台，哪需要鄰居去報警。哼，她到底要我怎麼樣？」

「她住哪兒？」馬丁．貝克問。

「不知道。」剛瓦德．拉森回答。「我甚至都不確定她有沒有講過自己住哪兒。」

「她叫什麼名字？」柯柏問。

「我不知道。說到這個，我怎麼會曉得呢？活見鬼了。」

「你沒問她嗎？」馬丁．貝克說。

「有吧，我猜，應該都會問。」

「你不記得嗎？」柯柏說。「用心想一想。」

馬丁．貝克和柯柏注視著剛瓦德．拉森那副努力回想的臉。他的兩道淡色眉毛擠在一起，使得清澈的藍眼睛上方變成一條直線，臉也脹得通紅，彷彿十分耗力。過了一會兒後他說：

「我不記得。什麼……呃……什麼太太來著。」

「你沒有寫下來嗎？」馬丁．貝克問，「你一向有做筆記的習慣。」

剛瓦德．拉森瞪著他。

「是沒錯，但我沒有保存所有的筆記。我是說，那不是什麼重要的事。一個瘋婆子打來，我為什麼要記下？」

柯柏嘆了一口氣。

「好吧，我們下一步怎麼辦？」

「米蘭德何時會到？」馬丁・貝克問。

「三點，我想。他昨晚加班。」

「打電話叫他馬上過來，」馬丁・貝克說，「要睡可以等以後再睡。」

23.

果然沒錯，柯柏打電話過去時，米蘭德正在位於北馬拉史川和波荷街交叉口的自家裡睡覺。穿好衣服後，他立刻驅車前往國王島街警局，僅僅十五分鐘內就和另外三個人碰面。

他回想那通電話的內容，然後當他們重播羅夫・艾維特・蘭德葛來恩的最後一段訊問記錄時，他證實了馬丁・貝克對於那名男子的理論正確無誤。他要了一杯咖啡，仔細地將菸草填進菸斗裡。

他點起菸斗，往椅背一靠說：

「所以，你認為這當中有某種關聯？」

「只是假設。」馬丁・貝克說。「給猜謎競賽增添一點貢獻。」

「當然了，這其中可能真有點什麼。」米蘭德說。「你要我怎麼做？」

「不必動腦筋，只要運用你體內內建的那部電腦。」柯柏說。

米蘭德點點頭，繼續緩緩地抽著菸斗。柯柏稱呼他是「活電腦」，一點都不假。米蘭德的記憶力早已是警界奇聞。

「試著想想看，剛瓦德接到那通電話時，他說了什麼、做了什麼。」馬丁・貝克說。

「那不就是萊納調來這裡的前一天嗎？」米蘭德說。「我想想……那一定是六月二日。那時我的辦公室在隔壁，等萊納來了之後，我就搬來這裡。」

「沒錯，」馬丁・貝克說，「而且，那天我要去莫塔拉市。我正要去火車站，只是途中進來問一下那個贓貨商的事。」

「就是死掉的那個拉森。」

柯柏上身攀著窗沿仔細聆聽。當米蘭德在回顧某事件的發生過程時，他經常都在場——那些事件有時還比這次的時間更遙遠——那時，他總有一種像是在目睹降靈會的感覺。

米蘭德已擺出柯柏所稱的「他的思考姿勢」：靠著椅背，兩條腿直直伸出去，但是兩膝交叉，雙眼半闔，同時平靜地吸著菸斗。馬丁・貝克和平時一樣，一隻手臂抵著檔案櫃站著。

「我進來的時候，你正好站在你現在的地方，而剛瓦德也坐在他現在的位置。我們正在談那個贓物商的事情，這時電話鈴聲響起。剛瓦德接起電話。他報上他的名字，然後問她的名字，這點我記得。」

「你記不記得他是否寫下那名字？」馬丁・貝克問。

「我想有。我記得他手裡有一枝筆。是的，他一定有做筆記。」

「你記不記得他有沒有問地址？」

「不，我想他沒問。不過，她有可能把名字和地址都告訴他。」

馬丁．貝克懷疑地看著剛瓦德．拉森。他聳聳肩。

「總之我不記得任何地址。」他說。

「然後，他說了有關一隻貓的事。」米蘭德說。

「我是說了，」剛瓦德．拉森說，「我以為她是在說有隻貓在她的陽台上。然後她說是一個男人，所以我當然以為她是指這男人出現在她的陽台上。因為她要報警嘛。」

「然後你要求她形容那個男子。我很清楚記得，你邊重覆她的話，同時也邊做筆記。」

「好吧，」剛瓦德．拉森說，「如果我做了筆記——我相信我的確那麼做——那我一定是寫在這疊備忘錄上，但是因為不需任何後續行動，所以我很可能把那張紙撕下來丟了。」

馬丁．貝克點起菸，走過去將火柴放進米蘭德的菸灰缸，回到他在檔案櫃旁的位置。

「是的，你恐怕把紙撕掉丟了。」他說。「繼續講吧，斐德利克。」

「一直等到她向你形容了那個男人之後，你才發現，那男人是站在自家陽台上。對吧？」

「對，」剛瓦德．拉森說，「我認為那個老小姐是個神經病。」

「然後你問她，如果他在對街那頭，她怎麼看得見他的眼睛是灰藍色的。」

「就是在那當下，老小姐說她一直用望遠鏡觀察他。」

米蘭德驚訝地抬起頭來。

「望遠鏡？我的老天。」

「是啊，於是我問她，他是否曾經騷擾過她。但是根本沒有，他只是一直站在自家陽台而已。不過她認為那樣令人很不舒服。」

「他顯然連晚上也站在那裡。」米蘭德說。

「對。總之她是這麼說。」

「然後，你問那男子在看什麼，她說，他老是在俯看底下的街道。看車子，看玩耍的小孩。然後你問，她是不是認為你應該派警犬車去。」

剛瓦德・拉森煩躁地看著馬丁・貝克說：

「是啊，那天馬丁・貝克就站在這裡，一直跟我囉唆這件事。這正好是讓他出動他媽的警犬車的大好機會。」

馬丁・貝克和柯柏互換眼色，但是沒說什麼。

「談話就在那時結束，我猜。」米蘭德說。「老小姐覺得你很無禮，就把電話掛斷了。我也回去自己的辦公室。」

馬丁·貝克嘆了一口氣。

「唉，除了那些描述，這當中實在沒有多少東西可供參考。」

「很奇怪，一個傢伙日夜都站在自家陽台，」柯柏說，「也許他已經退休了，沒有其他事情好做。」

「不，」剛瓦德·拉森說，「不是那樣……現在我想起來了，她說『他還是個年輕小伙子呢，可能連四十歲都不到，好像除了站在那裡乾瞪眼之外，沒有別的事情可做。』這是她親口講的。我差點忘了。」

馬丁·貝克放下擱在檔案櫃上的手臂，說道：

「這麼說來，這點也符合蘭德葛來恩的描述——大約四十歲。如果她是用望遠鏡觀察他，那麼，她應該看得相當清楚。」

「她有沒有說，在打電話報警之前已經觀察多久了？」柯柏問。

剛瓦德·拉森努力地回想，一會兒後說：

「等等……對了，她說她這兩個月來都在觀察他，但是很有可能在她還沒注意到那男人之前，那人就已經一直在那裡了。她起初以為他站在那裡是在考慮自殺，就是跳樓啦，她說。」

「你確定沒有把那份筆記留在某處嗎？」馬丁・貝克問。

剛瓦德・拉森拉開抽屜，拿出薄薄一疊大小不一的紙張，鋪在眼前，開始逐張檢閱。

「這是所有得處理或報告的筆錄。一旦解決了，我就會把筆記紙丟掉。」他邊翻邊說。

米蘭德探身向前，敲掉菸斗裡的菸灰。

「對了，」他說，「當時你手上有筆，你拿起備忘錄時，還把電話簿推到一旁……」

剛瓦德・拉森這時已經檢查完那堆紙，放回抽屜。

「沒有，我知道我沒有留下那通電話的筆記。可惜啊，我真的沒有。」

米蘭德舉起菸斗，用菸斗柄指著剛瓦德・拉森。

「電話簿。」他說。

「什麼電話簿？」

「當時你桌上有一本電話簿。你沒有在上面寫東西嗎？」

「可能有。」

剛瓦德・拉森探手把電話簿拉過來說：

「要檢查這裡頭的每一頁，那可是他媽的有得瞧了。」

米蘭德放下菸斗說：

「沒必要。如果你有寫下什麼——我想你有——那也不會在你的電話簿上。」

那一瞬間，馬丁．貝克眼前浮現了當天的景象：米蘭德從隔壁房走進來，手裡捧著一本翻開的電話簿，而且把電話簿交給他，指給他看那名贓物商的名字——阿衛德．拉森，馬丁．貝克隨後又把電話簿放在剛瓦德桌上。

「萊納，」他說，「能不能請你把你辦公室裡的電話簿的第一冊拿來？」

馬丁．貝克先查二手家具買賣欄有「拉森，阿衛德」名字的那一頁。那上面沒寫東西。然後，他從首頁開始逐頁仔細翻看。他在好幾處都發現了凌亂的筆記，大多數顯然是米蘭德寫的；然而也有一些是柯柏清晰工整的筆跡。其他人沉默地站在一旁等著。剛瓦德．拉森從他的肩膀後面探視。

一直到他翻到一〇八二頁，剛瓦德．拉森才開口驚呼：

「在這裡！」

四個人全瞪著紙張邊緣上的筆跡。

那是一個名字。

安德森。

24.

安德森。

剛瓦德・拉森歪頭看著那個名字。

「對，看起來像是安德森沒錯——或者安德生或安瑞生；也有可能是別的什麼鬼字眼。雖然我想應該是安德森。」

安德森。

全瑞典有三十九萬人以安德森為姓氏。光是斯德哥爾摩的電話簿上，就有一萬零兩百名用戶是以這個姓氏登記，附近郊區還有另外兩千戶。

馬丁・貝克當下思考著，如果利用報紙、廣播和電視，或許能輕鬆地找到這個打電話進來的女人；然而，也可能困難重重。不過，整個調查截至目前為止還沒有哪項工作是輕而易舉的。

他們還是決定利用報紙、廣播和電視。

沒有任何下落。

這天是週日，沒有結果應該是可理解的吧？

然而到了週一上午十一點，依舊不見任何進展。馬丁．貝克開始心生疑慮。

如果要挨家挨戶拜訪，以及電訪上千名用戶，那就表示他們得調派一大部分的警力，去追查一個最後有可能是白搭的線索。然而，難道沒有辦法以某種方式縮小調查範圍？那座陽台是在一條相當寬廣的街上，那必然是在靠近市中心的某處。

「一定得如此嗎？」柯柏懷疑地問。

「當然不一定，可是……」

「可是什麼？你的直覺告訴你什麼？」

馬丁．貝克投給他一個苦惱的眼神，然後自我振作地說：

「那張地鐵車票，是在法官路站買的。」

「但是，我們尚未證明那張車票與謀殺案或兇手有關聯。」柯柏說。

「那張票是在法官路那一站買的，而且只用了單程。」馬丁．貝克固執地說。「兇手留著那張票，因為他打算回程時再用。他從法官路站上車，到瑪麗廣場站或仁肯斯丹運動場下車，然後剩下的路程以步行到坦托朗登公園。」

「這純粹是猜測。」柯柏說。

「他必須用某種辦法支開那個和那女孩在一起玩的小男孩。除了那張票，他沒有其他東西可以給他。」

「這是猜測。」柯柏說。

「但邏輯上完全說得通。」

「只是說得過去而已。」

「再說，第一樁謀殺案發生在瓦納第斯公園，和那個地段可以整個連起來。瓦納第斯公園，法官路站，整個區域都在歐丁路以北。」

「這一點你以前講過，」柯柏冷冷地說，「純粹是猜想。」

「合乎或然率理論。」

「你高興這麼說，也未嘗不可。」

「我要找到那個姓安德森的女人，」馬丁·貝克說，「我們不能只是坐在這裡掐指默算，指望她會自動上門。她可能沒有電視，也可能不看報紙。但不論如何，她一定有一支電話。」

「一定有嗎？」

「當然。你不可能從公共電話或借用商家電話來打一通那樣的報案電話。再說，當時聽起來好像她是邊講電話，也邊盯著那名男子。」

「好，這一點我可以接受。」

「如果我們要開始四處打電話、逐戶探訪，那麼我們得有個起始點，必須從某個特定的區域開始。因為我們沒有足夠人力去聯絡每一個姓安德森的人。」

柯柏沉默地坐了一會兒。然後他說：

「我們暫且把這姓安德森的女人擱到一旁，先問自己對這名兇手有多少了解。」

「我們握有對於他的某種描述。」

「某種，是的，可以這樣一言蔽之。況且，我們還不知道蘭德葛來恩看到的人究竟是不是兇手，前提還得是他真的有看到任何人。」

「我們知道兇手是男性。」

「對，除此之外，我們還知道什麼？」

「我們知道他不在風化組的檔案記錄裡。」

「對，假設風化組人員沒有做事輕忽，或是遺忘什麼的話。這種事以前也不是沒發生過。」

「我們知道大致的犯案時間，瓦納第斯公園那件是在晚間七點過後不久；坦托朗登公園那件，是在下午兩點到三點之間。所以那段時間他不必上班。」

「那表示什麼？」

馬丁．貝克沒說話。柯柏自問自答：

「那表示他失業，或是在度假，或是請病假，或者只是路過，暫留斯德哥爾摩，或是工作時間不固定，或者已經退休，或是個流浪漢，或者……簡而言之，什麼都無法確定。」

「的確。」馬丁．貝克說。「但我們確實知道他的一些行為模式。」

「你是指心理學家那套囉嗦的說辭？」

「是。」

「那也只是猜測，但是……」柯柏先靜默了一陣子，才繼續說：「可是我得承認，米蘭德根據那一大堆說辭，做了一個很有道理的摘要。」

「沒錯。」

「至於這個女人和她打來的電話，我們就試著把她找出來吧。因為就像你說的，我們總得從某個地方下手，而且我們截至目前也只是一路在瞎猜而已。所以，乾脆假設你是對的吧。你要怎麼進行？」

「我們可先從第五和第九區開始。」馬丁．貝克說。「派幾個人打電話給每個姓安德森的人，同時也派人逐戶詢問。要求這兩區的所有人馬把精神集中在這件事情上。尤其是沿著有陽台的寬廣街道——像歐丁路、卡爾堡街、戴涅街、西維爾路等等。」

「行。」柯柏說。

他們就此著手工作。

這個星期一真是糟透了。「大偵探們」（亦即一般民眾）在星期天似乎比較沒有動靜，一部分是因為許多人到鄉下度週末，另一部分則是因為報紙和電視的安撫作用；可是一到週一，大眾就又完全活絡起來。負責接收線索的中央辦公室電話不斷，有的是一些自認為知道內情的人，有的是想告白懺悔的神經病，有的則是無事找碴的無賴。公園和樹林等區域到處可見便衣警察——百名穿便衣的人員，應該能稱得上是蜂擁吧——除此之外，現在還要再找一個姓安德森的女人。

在這段期間內，社會上仍然籠罩著恐懼陰影。有許多小孩離家不過十五或二十分鐘，父母就急忙跑來報警，而每件報告都必須登錄調查；資料越積越多，結果卻沒有一件可用。

在這當中，他們接到第五區的韓森來電。

「你又發現一具屍體嗎？」馬丁・貝克說。

「不是，但我很擔心那位我們負責注意的艾立克森。就是你下令監視的那個暴露狂。」

「他怎麼啦？」

「自從上週三買了一大堆飲料回家後——大半都是酒——就沒看到他出門了。上週那一天，他從一家酒行買到另一家。」

「然後呢？」

「我們偶爾還能從窗口瞧見人影，夥伴們說他看起來跟鬼沒兩樣。可是從昨天早上之後，就不見任何動靜了。」

「你有去按門鈴嗎？」

「有，他不開門。」

馬丁・貝克幾乎忘了那個人。現在他想起來了，那對鬼祟而哀淒的眼睛，那雙顫抖瘦弱的雙手。他覺得全身一陣寒意。

「破門進去。」他說。

「怎麼個破法？」

「隨你便。」

掛下電話，他坐在那裡，頭埋進雙手間。不，他想，別在這個節骨眼又加上這一樁。

半小時後，韓森再度打來。

「他把瓦斯開著。」

「結果呢？」

「目前在送醫途中。人還活著。」

馬丁・貝克嘆了一口氣——其實是「鬆了一口氣」，正如他們所說。

「真是千鈞一髮。」韓森說。「他布置得非常嚴密，把所有門縫全給封住，前門和廚房門的鑰匙孔也都塞起來。」

「他人沒事吧？」

「是的，感謝老天。瓦斯儀錶已經走到盡頭。要是他再躺久一點，而且沒人發現……」

韓森沒再往下說。

「他有沒有寫什麼遺言？」

「有。『我活不下去了。』他潦草地寫在一本過期的少女雜誌頁緣。我已經通知戒酒中心了。」

「這種事可能以前也發生過。」

「嗯，他的確滿老練的。」韓森答道。

過了一兩秒，他補上一句：

「在你救回他之前。」

這個慘淡的星期一還有數小時才會結束。夜裡十一點，馬丁・貝克和柯柏都回家了。剛瓦德・拉森也打道回府。米蘭德則留下來坐鎮。大家都知道，他最怨恨徹夜值勤。對他而言，光是想到得放棄十小時的睡眠時間，無疑等同做了一場惡夢。但是他吭也沒吭一聲，表情也和平常一樣冷靜。

一夜無事。他們訪問了許多「安德森」，但是無人打過那通如今已名聞遐邇的電話。沒有出現新屍體，而所有父母在白天曾報警走失的小孩，也全數安返家門。

馬丁．貝克走到齊家廣場搭地鐵回家。

他們已經度過這一天。從最後一次謀殺案到現在，已經過了一個禮拜——或者，應該說，從最近的一次謀殺案到現在。

他覺得自己就像一個快要淹死的人，剛找到了立足點，只是他心裡明白，那不過是暫時歇息而已。不消幾個小時，大浪即將來襲。

25.

六月二十日，星期二，第九區警局的警衛室一大清早寂靜無事。凱維斯特警官坐在桌旁抽菸看報紙。他是個蓄著淡色鬍髭的年輕人。角落的隔間後面傳來喃喃談話聲，偶爾穿插著打字機的敲打聲。電話鈴響。凱維斯特抬頭，看見玻璃隔間裡的葛蘭倫拿起話筒。

他背後的門打開來，羅丁走了進來。他在門內站定，束緊腰帶和肩帶。無論就年紀或年資來說，他都比凱維斯特老一點。凱維斯特前一年剛在警察學校結訓，最近才被派到第九區來。

羅丁走到桌旁，拿起他的警帽。他拍了一下凱維斯特的肩膀。

「喂，夥伴，走吧。我們再巡一圈，然後喝咖啡去。」

凱維斯特捻熄香菸，把報紙摺好。

他們從正門出去，開始沿著瑟布斯路往西走。他們肩並肩漫步走，踏著一樣的長步伐，雙手都交握在背後。

「葛蘭倫說，如果我們找到那個姓安德森的女人，接著要怎麼做？」凱維斯特問。

「不必做什麼。只要問她有沒有在六月二日打過電話到總局，囉唆有個男人站在陽台上的事，」羅丁說。「我們接著再打電話通知葛蘭倫。這樣就行了。」

他們穿過圖立路時，凱維斯特抬頭望向瓦納第斯公園。

「謀殺案發生後，你去過那裡嗎？」他問。

「有。」羅丁說。「你沒去嗎？」

「沒有，我那天休假。」

他們默默往前走。然後凱維斯特說：

「我還沒有發現屍體的經驗。看起來一定很恐怖。」

「放心，你退休之前會看個夠。」

「你為什麼會想當警察？」凱維斯特問。

羅丁沒有馬上回答。他似乎先思考了一番才回說：

「我爸是警察，所以我也當警察，這好像自然而然。雖然，當然啦，我媽不是很高興。你呢？你為什麼當警察？」

「為了服務鄉梓。」凱維斯特說完自己大笑起來，繼續說，「我起先不知道自己要做什麼。我的畢業成績只拿到B等，但在部隊服役時遇到一個傢伙，他想當警察，他說我的成績可以進警察學校。再說，警方人力不足，而且……哎呀，總之，他把我給說服了。」

「可是待遇挺不像樣的。」羅丁說。

「哦，這我不曉得。」凱維斯特說。「我受訓時月領一千四百克朗，現在已經調高到第九等薪了。」

「對啦，現在是比我剛開始那時好一點。」

「我在某個地方讀到說，警界新人多是從沒有去上商校或大學的百分之二十的學生當中徵召而來的，而那百分之二十裡，有很多人和你一樣，是繼承父親的衣缽。真巧，你父親也是警察。」凱維斯特說。

「是啊。可是，如果他是垃圾清潔工，我他媽的才不會跟他做同一行。」羅丁說。

「聽說全國至少還有一千五百個警察空缺待補，」凱維斯特說，「所以嘛，難怪我們加班加成這樣。」

羅丁把落在人行道上的空啤酒罐踢到一旁。

「你對統計很有興趣喲。是不是打算要當署長啊？」

凱維斯特大笑，有點不好意思。

「哦，我只是碰巧讀到一篇相關文章。可是，話說回來，當署長這個主意好像也不壞。你認為他賺多少？」

「嘿，你應該知道啊。你不是讀了很多東西？」

他們已經走到西維爾路，閒談也告一段落。

酒店外面角落的書報攤旁，站著幾個醉醺醺的人在那裡互相推擠。其中一個不斷晃著拳頭想打第二個人，可是顯然因為醉得太厲害，所以心有餘而力不足。另外那個人看起來稍微清醒一點，不斷出掌去推對方胸部，試圖和敵手保持距離。最後，比較清醒的那人失去耐性，便把口沫四濺的肇事者推倒在排水溝內。

羅丁嘆了一口氣。

「我們得把他帶回局裡，」他穿過街道說著，「他是個老面孔，總是愛惹麻煩。」

「哪個？」凱維斯特問。

「掉進水溝的那個。另外那個會自己想辦法。」

他們快步向那群人走去。一個看起來同樣襤褸、先前一直躲在都會餐館的小花園看人吵架的第三者，換上一臉難得的尊貴表情，邊朝歐丁路的方向溜掉，邊焦慮地頻頻回頭張望。

兩位警察把酒鬼從水溝裡扶起來，讓他站好。他看起來六十幾歲，非常瘦，一副體重過輕的樣子。幾個剛好路過、看來頗為體面的市民站在一段距離外看著。

「好了，強森，今天怎麼樣啊？」羅丁說。

強森垂著頭，有氣無力地想拍掉身上的泥灰。

「很——很好，警官。我只是在跟好朋友聊天，只是玩玩嘛，你瞧？」

他的朋友做了一個值得嘉獎的立正動作，說道：

「歐斯卡很好，他馬上就沒事了。」

「滾吧。」羅丁不帶任何惡意地說，揮揮手叫他走。

那個人鬆了一口氣，趕快開溜。

羅丁和凱維斯特用力把酒鬼從臂窩底下撐起來，拖向二十碼外的計程車招呼站。

司機看見他們過來，便下車打開後座車門。這位司機是那種願意合作的人。

「你就要上計程車囉，強森，」羅丁說，「然後你可以好好睡一覺。」

強森順從地爬進計程車，往後座上一倒，便呼呼睡著。羅丁把他拉直靠著角落，回頭對凱維斯特說：

「我帶他回去登記，局裡見。你回來在路上順便買幾塊蛋糕。」

凱維斯特點點頭。當計程車駛離時，他慢慢走回街角的書報攤。他四下尋找強森的夥伴，發現他在瑟布斯路上，距離酒行只有幾碼遠。凱維斯特才朝他走幾步，那個人就對他揮著雙手，示意要他走開，同時朝綠地路逃去。

凱維斯特望著他消失在街道轉角。然後他腳跟一轉，回到西維爾路上。

書報攤的女店員把頭探出攤口說：

「真是謝謝。那些酒鬼只會壞了我的生意，這些人老愛在這一帶閒蕩。」

「是那家賣酒的把人引過來的。」凱維斯特說。

就某方面來說，凱維斯特其實很憐憫強森這樣的人。他知道，他們的問題就是無處可去。他敬了一個禮，然後繼續巡視。沿西維爾路再往前走，他看見一面店招牌寫著「糕餅店」。瞧一眼手錶，他想，乾脆就到那裡去買蛋糕，然後回局裡喝咖啡。

他打開店門，小鈴鐺叮鈴響起。一位穿著格紋罩衫的老太太站在櫃台前，和一個正在為她服務的女人交談。

凱維斯特雙手交握在背後等著。他吸一口剛出爐的麵包香，心想，這種小型糕餅店已經越來越少見了。

這種小店很快就會全部消失，接著，除了那種包在塑膠袋裡、大量生產的麵包之外，再也買不到其他種類。瑞典全國上下的人以後都會吃一模一樣的土司、小麵包和蛋糕，凱維斯特警員心中這麼想著。

凱維斯特不過二十二歲，卻常覺得自己的童年已是遙遠的過往。他漫不經心地聽著這兩個女人談話。

「想想看，八十一號那個老潘已經走了，死了。」穿罩衫的胖女人說。

「是啊。可是老實說，人走了也好。」店家女人說。「這麼老了，行動也不方便。」

她一頭白髮，年紀也頗大，穿著白色外套。看了凱維斯特一眼之後，她迅速將東西裝進顧客的購物袋。

「這樣就好了嗎，安德森太太？」她問。「今天不買奶油？」

顧客拿起袋子，嘆了一口氣。

「不了，今天不買奶油，謝謝。和平常一樣記帳，麻煩你。再見哪。」

她向門走去，凱維斯特趕上去幫她開門。

「再見，親愛的安德森太太。」店家女人說。

胖女人擠過凱維斯特身旁，點頭致謝。

凱維斯特對「親愛的」一詞暗自微笑，正要闔上門時，突然有個念頭擊中心坎。他什麼都沒說就衝到街上，把門在身後甩上。店家女人看著，一臉莫名其妙。

等他追近時，穿格紋罩衫的女人已經一腳踏進糕餅店隔壁的樓房入口。他趕緊敬個禮後說：

「對不起，女士，你的姓氏是安德森嗎？」

「是——是的……」

他接過她的購物袋，幫她扶著門。等門在他們身後闔上後，他說：

「原諒我冒昧，請問六月二日星期五早上，打電話到警察總局報案的是不是你？」

「六月二日？是——是的，我確實報過警。那天可能是二號。有什麼事嗎？」

「你為什麼打電話？」凱維斯特問。

他掩不住興奮，這位姓安德森的女人驚愕地看著他。

「我和一個叫什麼名字的警察談過。那個人很粗魯，對我說的好像毫無興趣。我只是要報告我注意到的事情。那個男人站在他的陽台上已經很……」

「你介不介意我跟你上樓，借用一下你的電話？」凱維斯特邊問，邊逕自向電梯走去。「上去時，我再解釋給你聽。」他說。

26.

馬丁．貝克掛斷電話，大聲呼叫柯柏。接著，他扣好外套的鈕釦，把菸和火柴盒放進口袋，看看手錶。九點五十五分。柯柏出現在房門口。

「喊那麼大聲幹嘛？」他說。

「找到她了。安德森太太。第九區的葛蘭倫剛來電。她住在西維爾路。」

柯柏到隔壁去取夾克，走回來時還在七手八腳地套上衣服。

「西維爾路。」他沉思道，看著馬丁．貝克。「他們是怎麼找到人的？挨家挨戶問到的嗎？」

「不是。第九區有個年輕警員去買蛋糕時，在糕餅店裡遇到的。」

下樓時，柯柏說：

「當初建議應該取消咖啡時間的不就是葛蘭倫嗎？現在他也許會改變主意了。」

安德森太太透過門縫，不以為然地瞪著他們。

「說，我那天早上打電話過去時，是你們哪個人接的？」

「都不是，」馬丁·貝克有禮地說，「接您電話的是拉森偵查員。」

安德森太太這才解開安全鎖鏈，讓他們踏進一個又小又暗的甬道。

「管他什麼偵查員，那個人粗魯得很。我就跟上來我這兒的那位年輕警官說，民眾願意通報，警察應該感激才是。我跟他說，要是我們百姓不通報，說不定你們就沒工作了。請進，我去端咖啡。」

柯柏和馬丁·貝克走進客廳。這房子雖然在三樓，而且窗戶面向大街，但房間卻相當幽暗。客廳很大，但沉重的老家具占去大部分的空間。窗戶有一半稍微開著，剩下的一半則被高大的盆栽植物遮住大半。窗簾是奶油色的，裝飾十分繁贅。

棕色大沙發前方是一張桃花心木的圓形咖啡桌，桌上擺了幾只咖啡杯和一盤蛋糕。兩張蓋上椅罩的高扶手椅各自立在桌子兩旁。

安德森太太從廚房走來，拿著瓷壺。她倒好咖啡，坐下。沙發在她的體重下發出一陣呻吟。

「沒有咖啡，可就沒辦法談話呢。」她興致高昂地說。「來，說吧，對面那個人發生什麼事嗎？」

馬丁．貝克才開口，馬上被街上揚長而過的救護車鳴聲給淹沒。柯柏便把窗戶關上。

「您沒看報嗎，安德森太太？」馬丁．貝克問。

「我沒看。我到鄉下是從來不看報紙的。我昨天晚上才回來。再吃一塊蛋糕吧，兩位先生。嚐嚐看，來，這些是剛在樓下糕餅店買的。對了，我就是在那裡遇到那個穿制服的好青年。至於他怎麼知道我就是打電話報警的人，這我就不清楚了。總之，電話是我打的，那天是六月二日星期五，這我記得相當清楚，因為我妹夫叫羅杰，那天是他的命名日。當天我去參加他們的咖啡派對時，就跟他們說了那個粗魯警察的事。那是我打完那通電話後一兩個鐘頭的事情。」

講到這裡，她必須喘口氣。馬丁．貝克趕緊插嘴問：

「您介不介意指給我們看，是哪個陽台？」

柯柏已經走到窗邊。女人吃力地站起來。

「從底下算上去第三個，」她指著說，「就是那扇沒窗簾的窗戶旁邊那個。」

他們望著那座陽台。連著陽台的那戶住家似乎只有兩扇窗戶對著街道，靠近陽台門的那一扇比較大，另一扇小一些。

「你最近看過那個男子嗎？」馬丁・貝克問。

「沒有，好一陣子沒看到了。你知道，我週末去了鄉下，可是在那之前，我就已經好幾天沒看到他。」

柯柏瞧見窗台兩只花盆中間，有個望遠鏡放在那兒。他拿起望遠鏡，透過鏡片看著對街的那個房子。陽台門和兩扇窗戶都關著。太陽反光在窗玻璃上，他無法辨識陰暗的房內有什麼東西。

「那副望遠鏡是羅杰送的。」女人說。「航海用望遠鏡。羅杰以前是海軍軍官。我通常都用它來觀察那個男子。如果窗戶打開，還能看得更清楚。嘿，你們可別以為我好管閒事，可是你知道，我在今年四月初動了一個腿部手術，我就是在那時注意到那個男的——我是說手術之後。我的腿上開了一刀，沒辦法走路，而且也痛得睡不著，所以大部分時間我都坐在窗戶這裡看外面。除了站在那裡乾瞪眼之外，那男人好像沒有什麼事情可做，這讓我覺得非常奇怪。他好像有某種特質會讓你覺得很討厭。」

女人還在講話時，馬丁・貝克拿出警方根據搶劫犯的描述所繪製的那幅畫像給她看。

「還挺像他的。」她說。「但畫得不是很好，如果你問我意見的話。可是確實有些相似。」

「您記不記得，最後一次看到他是何時？」柯柏這麼問，同時把望遠鏡遞給馬丁・貝克。

「嗯，好幾天前，超過一星期了。我想想……對了，我想我最後一次看到他，是清潔婦來打掃那天。等等，我去瞧瞧。」

她打開寫字桌的蓋子，拿出日曆簿。

「我瞧瞧……上星期五，就是這天。我們在清理窗戶，當天早上他還站在那兒，可是下午人就不見了，隔天也不見人影。對，就是那天。從那時起就沒有再看到他。我很確定。」

馬丁．貝克放下望遠鏡，迅速地看了柯柏一眼。他們無需日曆也記得那個週五發生什麼事。

「就是九號那天。」柯柏說。

「沒錯。再來一杯咖啡怎麼樣？」

「不了，謝謝您。」馬丁．貝克說。

「哎呀，再喝一點嘛，來。」

「不了，謝謝您。」柯柏說。

她把咖啡杯倒滿，坐進沙發。柯柏倚著椅子扶手，朝嘴裡丟進一塊小杏仁餅。

「他都是單獨一人嗎，那個男子？」馬丁．貝克問。

「哎呀，總之，我從沒見過其他人出現在那兒。他這人看起來挺孤癖的。我有時甚至替他覺得可憐。屋子裡老是黑漆漆的，而且他不是站在陽台，就是坐在廚房窗口。下雨時就那樣。我從來沒見過有人在他旁邊。請坐嘛，再喝點咖啡。告訴我，他到底發生什麼事。想想看，我打電話畢竟是有用的——可是拖了這麼久你們才有反應。」

馬丁・貝克和柯柏大口灌完咖啡，站了起來。

「非常謝謝您，安德森太太。再見——不，不必麻煩送我們了。」

他們向甬道走去。

出了大門後，奉公守法的柯柏正要舉步朝五十碼外的斑馬線走去，但馬丁・貝克往他的手臂一抓，就迅速穿越馬路，走向對街的公寓樓房。

27.

馬丁．貝克爬了三層樓梯，柯柏則搭乘電梯。他們在門口碰面，專注地盯著那扇門。那是一扇尋常的棕色木門，門向裡開，有彈簧鎖、一個銅質的投信口和生銹的白鐵皮名牌，上面刻著黑字：I．法蘭森。整棟樓房沒有一點聲音。柯柏將右耳貼在門上聆聽，右膝蹲跪在石質地板上，小心翼翼地將投信口推開約半吋聽著。然後，就和推開時同樣無聲無息地放下小心將之放下。他站起來，搖搖頭。

馬丁．貝克聳聳肩，伸出右手按下門鈴。沒有聲響，門鈴顯然壞了。他叩門，沒有反應。柯柏用拳頭敲打，沒有動靜。

他們沒有自己開門。他們步下半層樓，耳語一番。隨後，柯柏出發去安排正式手續，同時找專家過來。馬丁．貝克留在原處。他站在樓梯口，目光不曾離開過門板。

僅僅十五分鐘後，柯柏就帶著開鎖專家一起回來。他老練地迅速衡量那扇門，蹲下來把一根像是鉗子的長工具伸進信箱。裡面的鎖沒有防盜裝置，因此他只花了三十秒就掐住鎖，把門打開幾吋寬。馬丁・貝克擠到他前面，左手食指壓在門上推開。久沒上油潤滑的樞鈕發出嘰嘎聲。

望進去，裡面是一條甬道，兩旁各有一扇打開的門。左邊一扇通向廚房，右邊一扇通往顯然是屋內唯一的房間。入口的踏墊上疊著一堆郵件，放眼所及盡是些報紙、廣告單和各種推銷的小冊子。浴室在甬道右邊，正好在前門內側。

這公寓裡唯一的聲響，是從西維爾路傳來的沉悶車陣嘶吼。

馬丁・貝克和柯柏謹慎地跨過信件堆，張望廚房內部。遠處角落是個小小的用餐區，有一扇開向街道的窗。

柯柏推開浴室門的同時，馬丁・貝克走進客廳。他的正前方就是陽台門，他看見右斜後方還有另一扇門，結果發現裡面是衣櫥。柯柏跟開鎖專家講了幾句話，他關上前門，也進到屋內。

「家裡顯然沒人。」他說。

「的確。」馬丁・貝克說。

他們謹慎、有條理地檢視全屋，留意盡可能不要碰觸任何東西。

兩扇窗都面向街道，一扇在客廳裡，一扇在用餐區，而且通通緊閉著。陽台門也關著，屋裡的空氣鬱悶沉滯。

屋內稱不上破爛荒廢，然而，不知為何，就是讓人覺得寒酸，而且非常簡陋。客廳裡只有三件家具：一張沒有整理的床，床上有一條破舊的紅色羽絨被和骯髒的床單；床頭擺著一張廚房餐椅；另外還有靠著對牆的一個矮衣櫥。沒有窗簾，油氈地板上也沒有地毯。在顯然是充當床頭桌使用的椅子上，有一盒火柴、一只小盤子和一份《史瑪藍報》。從報紙摺起的樣子可看出有人讀過，小盤子裡有些許菸草灰、七根用過的火柴，和一丸捏成紮實小球狀的香菸紙。

衣櫥上方掛著一幅裝框的複製油畫，畫的是兩匹馬和一棵樺樹；衣櫥頂上擺著另一件裝飾品，是一只亮面的藍色瓷盤，盤中空無一物。室內裝飾如此而已。

柯柏看看椅子上的東西說：

「看樣子，他還把菸蒂裡的菸草省下來，裝進菸斗裡抽。」

馬丁・貝克點點頭。

他們沒有走到陽台外，只從門的窗玻璃望出去。陽台有一道鐵條欄杆，兩側的鐵條呈波浪狀。陽台上擺著一張上了漆的花園用桌，搖搖欲墜，以及一把摺疊椅。椅子看起來很舊，有著破敗的木扶手和褪色的帆布椅面。

衣櫥裡掛著一套還算好看的深藍色西裝、一件已經舊到起毛球的冬季大衣，和一條棕色燈芯絨布長褲。架子上有一頂毛帽、一條羊毛圍巾，地上則有一隻黑皮鞋和一雙破舊的棕色靴子。鞋子看起來大約是八號尺寸。

「小腳。」柯柏說。「奇怪，另一腳跑哪兒去了。」

幾分鐘後，他們在放掃把的櫥子裡找到另外一隻鞋。鞋子旁放著抹布和鞋刷。鞋子上似乎沾了什麼東西，可是屋內光線昏暗，他們又不想去碰它；他們只是朝漆黑的櫥子裡張望。

廚房裡有幾件有趣的東西。瓦斯爐上有一大盒火柴和一個小鍋子，鍋內還有一些食物，看起來像麥片粥，已經乾涸。洗碗槽裡有一只搪瓷咖啡壺和一個髒杯子，杯底還有薄薄一層已乾得像灰的渣滓。另外還有一個湯盤和一罐粗研的咖啡粉。沿著另一面牆有一台冰箱和兩座滑門櫥櫃。他們打開冰箱和櫥櫃。冰箱裡有一包已經打開用了一半的人造奶油、兩顆蛋和一點香腸。香腸已經放了很久，上面都長出薄薄一層的黴。

兩座櫥櫃中有一座似乎是特別用來存放瓷器的，另一座則是用來儲存食品。櫃中有幾個普通盤子、杯子、玻璃杯、一個大盤子、鹽、半條麵包、一盒白砂糖和一包燕麥片。底下抽屜裡有菜刀，和幾副不搭配的刀叉和湯匙。

柯柏用指頭戳戳麵包。麵包硬得像石頭。

「他好像很久沒在家了。」他說。

「的確。」馬丁・貝克同意。

排水槽底下的櫃子裡有一只炒鍋和幾個小鍋子，另外洗碗槽下面的空間有個垃圾袋。袋子裡幾乎空空如也。

靠窗的凹形用餐區立著一張有活動桌板的紅色廚房用桌，還有兩張廚房用椅。桌上有兩個瓶子和一只骯髒的玻璃杯。那兩瓶是普通的甜苦艾酒，其中一個瓶底還留有一點殘餘。

窗台和桌面都積了一層油漬。窗戶雖然關著，但那油漬顯然是街上車輛廢氣透過窗戶空隙滲進來造成的結果。

柯柏走進浴室看一下，半分鐘後回來，搖搖頭。

「那裡沒什麼。」

衣櫥最上面的兩個抽屜裡有幾件襯衫、開襟毛衣、幾雙襪子、一些內衣褲和兩條領帶。看起來都頗為乾淨，但也很舊了。底下抽屜裡擠滿骯髒的床單和衣物。還有一本陸軍入伍記錄手冊。

他們翻開手冊，上面登記著：2521-7-46 法蘭森，英古蒙・盧道夫，維克休人，5/2-26，園丁，西脊路二十二號，馬爾摩市。

馬丁・貝克翻看這本入伍手冊。當中透露出不少有關英古蒙・盧道夫・法蘭森的事，其中包括一九四七年他在國內的種種活動。他是於四十一年前生於史瑪藍鎮。一九四六年，他在馬爾摩市從事園藝工作，住在當地的西脊路。同年，他被徵召入伍，列為C 3等級體位，意即不適合作戰任務，因此被分配到馬爾摩市防空團部服務十二個月。一九四七年從陸軍退伍時，某個簽名模糊的人給了他X－5－5的考核成績，那代表比平均成績還要低許多。羅馬字母X代表在軍中的德行，顯示他未曾觸犯任何規定，兩個數字5則指出，即使體位是C3等級，他還是勝任不了多少軍中職務。那個簽名模糊的軍官注明他的簡要功能慣碼是「廚手」，也許是說他在役期中的任務，就是削馬鈴薯皮。

此外，他們在屋內快速進行了表面性的搜索。但這地方並未透露出英古蒙・法蘭森目前從事何種職業，或者他在這過去二十年來做了什麼。

「信件。」柯柏說著，便走向甬道。

馬丁・貝克點點頭。他正站在床邊看著這張床。那上面的床單又皺又邋遢，枕頭擠成一團。即使如此，看起來也像是好幾天沒人躺過了。

柯柏走回來。

「只有報紙和廣告。」他說。「放在那裡的那份報紙是哪一天的？」

馬丁・貝克側著頭，瞇起眼睛說：

「星期四，六月八日。」

「顯然隔天仍有送報紙來。他從十號星期六之後，就沒再碰過報紙。也就是在瓦納第斯公園謀殺案發生過後。」

「但星期一他似乎有回來過。」

「對。」柯柏同意，又補上一句。「可是從那天以後，應該就沒再回來了。」

馬丁・貝克伸出右手，以拇指和食指捏住枕頭套一角，拉起枕頭。

那底下放著兩條小女孩的白色內褲。

看起來非常小件。

上面沾了形狀不一的污漬。

他們動也不動地站在這沉滯、蕭瑟的房間裡，聽著外面的車聲和自己的呼吸聲。就這樣持續了大約二十秒。馬丁・貝克接著迅速而不露喜怒地說：

「好，這下可以了。我們封鎖公寓，通知鑑識小組。」

「可惜沒有照片。」柯柏說。

馬丁・貝克想起在費斯曼納街那棟危樓裡發現的男屍，至今尚未辨識出死者身分。有可能是同一個人吧，但無法確定。但說不定也毫無關聯。

他們對這個叫英古蒙・法蘭森的男子，所知仍然極少。

•

三個小時後，下午兩點鐘，六月二十日星期二，他們多了不少情報。

其中一件就是在費斯曼納街發現的那個死者，其實和英古蒙・法蘭森的容貌並不像。幾個前去認屍時幾乎嘔吐的證人證實了這點。

警方至少已掌握了一條原本沒有著落的線索，加上十分上軌道、而且具備高效率的調查機器輔助，他們很快就查出英古蒙・法蘭森過去相當簡單的個人歷史。他們接觸了大約上百人：鄰居、店員，社工、醫生、陸軍官員、教會執事、戒酒中心行政人員，以及其他人物等。故事的形貌很快清晰起來。

英古蒙・法蘭森在一九四三年搬到馬爾摩市，在市政府公園局找到一份工作。他可能是因為父母亡故，才遷居當地。他的父親在維克休當工人，死於當年春天，而他母親早在五年前就已過世。他沒有其他親人。他一服完兵役就馬上搬到斯德哥爾摩。他從一九四八年起就一直住在西維爾路的那棟公寓，而且在一九五六年之前，一直都以園藝工人為業。後來，他突然停止工作，起初是由一名私人診所的醫師開具生病證明，然後又由社會福利機構幾位不同的心理醫師逐次檢查，最後，兩年後便以不適宜工作的理由受命退休。官方報告上所用的字詞令人困惑：「心理上無能力從事勞力工作。」

曾經接觸他這個案例的醫生說，他的智力高乎一般人，但是對工作有一種慣性恐懼感，使得他根本無法上班。幾次復健治療都宣告失敗。有一段時間，他應該要去一個機械室上班，然而，連續四週，每天早上當他走到工廠門口，就是無法提腳進門。據說此類型的工作無能症很罕見，然而也不是毫無前例。法蘭森並無任何精神疾病，也不需要特別照護。他的智商沒有問題，身體也沒有任何殘缺（軍醫判定的體位低等，是因為他有扁平足）。但是他非常缺乏社交能力，由於沒有與人接觸的需要，因此也沒有任何朋友，而且，除了一位醫生所謂的「對故鄉史瑪藍鎮的歷史有某種模糊的興趣」之外，他沒有任何嗜好。法蘭森具有一種安靜、友好的態度，不喝酒，極度節儉，而且雖然「對自己的外表打扮不甚在乎」，但仍可稱得上整潔。他抽菸，沒有性行為異常的跡象；在被問及是否有手淫習慣時，法蘭森回答得非常含糊，然而醫生假定他有，並斷定他的性慾低得不尋常。他還患有廣場恐懼症。

這些醫生報告的記錄日期，大多落在一九五七和五八年之間。在那之後，除了例行公事外，沒有任何官方機構認為自己有理由太擔心法蘭森。他已經領了國家退休金，而且安靜地獨自過日子。他從一九五〇年代初開始，就一直訂閱《史瑪藍報》。

「什麼是廣場恐懼症？」剛瓦德・拉森問。

「對開闊的公共場所有病態的恐懼感。」米蘭德說。

調查總部繁忙異常，每個能調動的人手都派上用場。大家都忘了疲勞，迅速破案的希望已被點燃。

外面的天氣慢慢轉涼了。開始下起一陣細雨。

情報像啟動的電報機一樣，不斷湧入。警方雖沒有任何照片，但是已掌握了完整的描述，漏失的細節已由醫師、鄰居、過去的同事，以及他在購物時有過交談的商家店員補充起來。

法蘭森身高五呎八吋，體重大約一七六磅，而且確定穿八號尺寸的鞋子。

鄰居說他很寡言，但為人溫和、友善，會和人簡短地打招呼。他有史瑪藍的地方口音，看起來值得信任。已經有八天沒人見到他了。

此時，前往西維爾路公寓的鑑識人員已經探查、而且檢驗了所有可查驗的物品。法蘭森是兩件凶殺案的兇手，這似乎已毫無疑問。他們甚至在櫥子內的那隻黑鞋子上面發現血跡。

「看來他潛伏了十年以上。」柯柏說。

「現在癮頭上來了，開始到處強暴和謀殺小女孩。」剛瓦德・拉森說。

電話鈴響，隆恩接聽。

馬丁・貝克咬著自己的指關節，不斷來回踱步。

「關於他這個人，我們其實已掌握了所有應該知道的情報。」他說。「我們除了他的照片，什麼都有了。我預料照片很快就會出現。我們唯一不知道的是——此時，他人在哪裡？」

「我知道他十五分鐘前人在哪兒。」隆恩說。「聖艾利克公園裡有一具女孩的屍體。」

28.

聖艾利克公園是市內最小的公園之一；事實上，這個公園因為實在太不起眼，大多數斯德哥爾摩市民甚至不知道有這座公園存在。很少人會去那兒，更甭提有人會想到要去巡守這座公園。

它位在城市北邊，讓費斯曼納街那條長街有個不太自然的收尾。那是一個樹木林立、岩塊畢露的小區塊，設有一些碎石走道和階梯，地勢往周圍街道的方向傾斜下陷。這個區域的大部分面積都被一間學校所占，當然，學校目前正因為暑假而關閉。

遺體就躺在公園的西北面，很容易就能看見，而且就在一處岩塊邊緣。這正好證實了這類謀殺的手法會一次比一次恐怖的理論。而這一次，那個名叫英古蒙·法蘭森的男子動作極為倉促。他先將女孩的頭去撞石頭，然後再將她勒斃。他接著扯破她的紅色塑料外套和洋裝，拉掉褲子，把一個類似舊槌子的木柄塞在她的兩腿間。

更慘的是，發現屍體的人正是女孩的母親。名叫蘇薇格的這個受害者年紀比前兩案的被害人來得大，已經十一歲了。她住在丹尼摩拉路，和案發現場相距不到五分鐘步程，而且，根據認識她的人所述，女孩根本沒有理由走進公園。她原本只是要去靠近丹尼摩拉路和站前北路的交叉口，亦即公園外東北角的一個糖果攤買巧克力。這件小事應該不至於花她超過十分鐘，而且，女孩也曾被一再告誡不能到那座公園裡玩；再者，她也從來沒有進那公園玩的習慣。她出去才十五分鐘，她母親就出門尋找。如果不是還得照顧另一個才十八個月大的女兒，她母親就會陪她一起出門了。這位母親幾乎是在發現屍體的當下便徹底崩潰，目前已送往醫院。

眾人在蕭瑟細雨中看著死去的小孩，對這次不忍卒睹、又毫無意義的死亡，他們比作案兇手更覺得自己罪惡深重。女孩的褲子不見了，巧克力也不見了。或許英古蒙・法蘭森餓了，連糖果也一併拿走。

這事無疑是他幹的。甚至還有一個證人看見他和那女孩講話。可是他們的樣子好像很熟絡，證人以為自己看到的是一對父女。據他們所知，英古蒙・法蘭森的外表溫和友善，看起來就像是那種值得信賴的人。他穿著灰褐色燈芯絨布夾克、棕色長褲、白襯衫領口敞開，以及一雙整潔的黑皮鞋。

失蹤的內褲是淺藍色的。

「他一定還在這附近。」柯柏說。

在他們底下，沿著聖艾利克路和站前北路等幾條主要街道上，眾多車輛轟然飛馳而過。馬丁・貝克望著鐵路那邊廣闊的貨車廂調車場，低聲說：

「地毯式搜索這地區的各節火車廂、每間倉庫、每個地窖和閣樓。立刻行動。」

他隨後轉身走開。此時是三點鐘，六月二十日星期二。雨還在下著。

29.

追捕行動在星期二下午大約五點鐘展開，午夜時分仍繼續進行著，而且到了清晨更是緊密。每個能派遣的人員全都投入行動，每隻警犬也都出籠，而且警車也全數參與搜捕。起初行動只集中在城北，但漸往中央擴展，再朝郊區擴散出去。

斯德哥爾摩這座城市夏季時會有數千人睡在戶外。這些露宿的人不是只有流浪漢、毒蟲和酒鬼，還有許多訂不到旅館房間的遊客和大量無家可住的人。這些人雖然有能力工作，而且大多數也真的擁有工作，卻因為社區計劃失敗造成的嚴重住屋短缺，竟然找不到房舍可以落腳。他們睡在公園的條凳上、用舊報紙鋪在地上、窩在橋底下、睡在堤岸上，或在他人的後院裡。有相當數量的人在危樓、施工中的房子、防空洞、車庫、火車廂、樓梯間、地窖、閣樓和貨倉等處找到可暫時棲身的地方。還有的人住在渡船、機動小艇和破船殘骸上。有許多人就在地鐵站和火車站遊蕩，或是爬進運動場，比較聰明的，就鑽進這座大城市建築物底下、由許多宛如迷宮的迴廊和孔道組成的地下交通系統。

這一夜，便衣和穿制服的警察搖醒了成千名這樣的人，強迫他們站起來，用手電筒直射他們疲睏的臉孔，要求他們出示身分證明。很多人因為不斷換地方，結果同樣的遭遇竟碰到五、六次，每換一個地方，就被另一個跟他們一樣筋疲力竭的警察給戳醒。

除此之外，街上還算安靜。就連妓女和毒販也都避風頭去了；但他們顯然不知道，警方從來沒有像這次這樣，忙得連理他們的時間都沒有。

追緝行動到了週三早上七點終於結束。形貌枯槁、兩眼空洞的警察踉踉蹌蹌地回家補眠幾個鐘頭，沒能回家的則像大樹頹倒似地，栽進各警局警衛室和午休室的沙發及板凳上。

那一夜，警察在一些出乎意外之處找到許多人，但無一是英古蒙・盧道夫・法蘭森。

七點鐘，柯柏和馬丁・貝克都在國王島街的總局內。他們已經累到感覺不到疲憊，但也喘過氣，稍微回過神來。

柯柏雙手交握背後，站在貼著一張大地圖的牆壁前。

「他是園藝工人，」他說，「是市政府的雇員。他在本市公園工作了八年，想必他在那段期間一定對各公園摸得一清二楚。他到目前還沒超出本市的界限，一直留在熟悉的地盤上。」

「如果我們能確定這點就好了。」馬丁・貝克說。

「有一點是確定的。他昨晚沒在任何一處公園過夜。至少沒有在斯德哥爾摩的公園。」柯柏停頓一下，然後沉思著。「除非我們的運氣真他媽的壞。」

「確實。」馬丁・貝克說。「再者，一些占地廣大的區域入夜後根本很難有效清查。像獵苑島、高迪特公園和理爾貞斯樹林……更甭提市區之外的地方。」

「還有納卡保留區。」柯柏說。

「還有各墳場。」馬丁・貝克說。

「對，墳場……通常都鎖著。沒錯，可是……」

馬丁・貝克看看時鐘。

「眼前的問題是：他白天在做什麼？」

「這正是神奇之處，」柯柏說，「他顯然是公然地四處走動。」

「我們一定要在今天逮到人，」馬丁・貝克說，「其他我都無法接受。」

「對。」柯柏說。

心理學家隨時留意著，他們提出的看法是：英古蒙・法蘭森並未刻意躲藏或迴避。他目前有可能正處於一種無意識狀態，然而出於自保本能，也會無意識地做出理智行動。

「非常具有啟發性的說法。」柯柏說。

一會兒後，剛瓦德・拉森來了。他一向是獨立作業，依照自己的安排進行工作。

「你們知道我從昨天傍晚開始，開了多遠的車程？三百四十公里。都在這個他媽的城市裡，而且是慢慢開。我想，他一定是什麼幽靈之類的鬼東西。」

「這倒也是一種看法。」柯柏說。

米蘭德也有一個看法。

「這幾起案子的規律性令我不安。他犯了一件，隨後幾乎馬上又再犯另一件，當中有八天空檔，接下來又是另一起謀殺案，現在……」

每個人都自有看法。

民眾歇斯底里，坐立不安，警方則是工作過度。

星期三早上，眾人都覺得周遭似乎有一股樂觀和自信的氣氛。然而，那只是表面。事實上，人人打心底都一樣害怕。

「我們需要更多人手。」哈瑪說。「從外圍管區招集每個可用人員。我相信很多人都會志願加入。」

至於該如何配置便衣，這已經是一再重覆的課題。重要的地點都已安插便衣警察，每一個有田徑裝或舊工作服的人都要到樹叢裡去站崗。

「我們必須有很多警員著制服在外巡邏，」馬丁・貝克說，「以便安撫群眾，讓大家有安全感。」

念及自己剛說出口的話，他心中突然充滿無望和無助的苦楚。

「所有賣酒的地方都要強制檢查身分證明。」哈瑪說。

這是個好主意，但沒有帶來任何結果。

所有努力似乎全都毫無所獲。週三，時間一分一秒過去。雖然接到十來通警報，但沒有一個真能幫上忙。事實上，每一次都只是虛驚一場。

暮色降臨，那是一個冷冽的夜。追緝持續進行中。

沒有人敢闔眼。剛瓦德・拉森又開了三百公里的車，每公里可以報〇・四十六克朗的公帳。

「連警犬也累得東倒西歪，」他回來的時候這麼說，「小狗連咬警察的力氣都沒了。」

六月二十二日星期四，早上看來會轉暖，但是風很大。

「我要上斯堪尼省去，扮成一根五月節花柱（每逢五月春季慶典，穿傳統服飾的少女環繞著裝飾了綵帶的高柱子跳舞），在那裡站崗。」剛瓦德・拉森說。

沒有人有力氣回答他。馬丁・貝克覺得噁心，吐了一口悶氣。他的手在把紙杯舉向唇邊時抖得非常厲害，竟將咖啡濺到米蘭德的吸墨紙上。平時相當吹毛求疵的米蘭德此刻竟也完全沒有注意到。

就連米蘭德也反常地相當陰沉。他正想著時間表。依照時間表推斷，下一起凶案差不多就要發生了。

下午兩點鐘，終於有讓人鬆一口氣的消息傳來。是一通電話。隆恩接聽。

「在哪裡？獵苑島？」

他一隻手掩住話筒，看著其他人說：

「他在獵苑島，有好幾個人看到他。」

•

「我們要是運氣好，他還在獵苑島南園，那樣就能進行圍捕。」柯柏在開往東的車裡這麼說。他們後面緊跟著米蘭德和隆恩的車子。

獵苑島南園是一座小島，想要上島，除非是搭渡船或開自己的小船，否則一定得擇一通過跨越獵苑橋溪和運河的兩座橋。島上靠近鎮中心的三分之一區域有各種博物館、果那隆遊樂園、夏日餐館、機動小艇與帆船俱樂部、斯堪尼省露天博物館暨動物園，還有一個像小村子般、名為葛拉獵苑村的住宅區。小島其餘區域除了少數幾處樹林外，全都是人工栽植的園地。島上的建築雖然老舊，但保養良好：莊園、巨宅、高級別墅和十八世紀的小木屋散置各處，所有屋宅都有美麗的花園環繞。

米蘭德和隆恩的車子轉上獵苑島橋，而柯柏和馬丁·貝克則直接開往「獵苑島小館」。幾輛警車已經停在這家餐館前面。

運河上面那座橋已經由一輛無線電巡邏車封鎖。他們在橋的另一端看見另一輛警車正往曼尼拉聾啞學校的方向緩緩行駛。

一小撮人站在橋的北端。當馬丁·貝克和柯柏趨近時，一位老人脫離群眾向他們走來。

「我猜你就是督察吧？」他說。

他們停下腳步，馬丁·貝克點點頭。

「敝姓奈柏格，」那人繼續說，「就是我發現兇手行蹤，才打給警察的。」

「你在哪裡發現他？」馬丁·貝克問。

「在葛隆鐸飯店下面。他站在路上望著那棟房子。根據報上的圖片和描述，我一眼就認出他來。起初我不知道該怎麼辦，不知道是不是應該去將他擒拿下來，可是我一靠近，我聽到他在喃喃自語，很古怪，所以我曉得這人一定很危險，因此我盡可能不要聲張地走進餐館報警。」

「他在自言自語嗎？」柯柏回道。「你有沒有聽到他在說什麼？」

「他站在那裡說他病了。他講話的樣子非常奇怪，但說的就是那些，說他病了。等我打完電話回來，人就不見了。然後我就一直守在橋這裡，直到警察抵達。」

馬丁・貝克和柯柏繼續走到橋邊，和巡邏車的警察交談。

在運河和曼尼拉聾啞學校之間，有好幾個證人都看見那名男子，葛隆鐸飯店那個證人顯然是最後一個看見他的。由於警方很快就封鎖了這整個區域，相信該男子應該還在獵苑島南邊。自從有證人在葛隆鐸飯店看見那男子後，就沒有巴士穿越該橋。所有通往鎮上的道路也都即刻禁止通行，他再遠也走不出斯堪尼省或獵苑村兩地。然而，恐怕沒有機會出其不意地逮人了，想必他已經注意到警方目前已全員出動。

馬丁・貝克和柯柏回到車上，開過橋面，後面緊緊跟著兩輛警車。他們在介於聾啞學校和橋之間的路上停下，就在那裡著手組織追捕行動。

十五分鐘後，從斯德哥爾摩各個警區派出的人手都已抵達現場，而且也有大約百名警力被派出去搜索斯堪尼省到布魯哈蘇村之間的地區。

馬丁・貝克坐鎮車中，用無線電指揮搜查行動。各個搜索小組都配有行動耳機，所有路面都有警車巡邏。數十個無辜路人遭到半途擋路，被要求出示證明，並被告知必須離開該區域；路障設立的各地點，所有想進鎮的車輛都遭到阻擋和檢查。

在玫瑰園山莊旁的公園裡，有一個年輕人被警察要求看身分證明時，竟突然拔腿逃跑，而且在慌亂中直直衝進另外兩名警察懷裡。他拒絕說明身分，也不願透露為何逃跑。搜身之後，警方在他外套口袋發現一把上膛的九厘米帕拉貝倫手槍，這年輕人立刻被送往最近的警局。

「用這種方式噢，我們很快就會把全斯德哥爾摩的罪犯擒拿到手，只差我們真正想抓的那個。」柯柏說。

「他正藏在某處，」馬丁．貝克說，「這次他逃不了的。」

「不要這麼有把握，我們不能永遠封鎖這地方。況且，要是他已經跑出斯堪尼省……」

「他不可能有時間跑那麼遠。除非他開車，這種可能性又不太大。」

「為什麼不可能？他有可能偷一輛來開啊。」柯柏說。

無線電發出聲音。馬丁．貝克按下鈕應答。

「九十七號車，九十七號。我們找到他了。完畢。」

「你們在哪裡？」馬丁．貝克問。

「在畢斯克薩登街。船艇俱樂部上方。」

「我們馬上過去。」

他們花了三分鐘開到畢斯克薩登街。三輛巡邏車、一個機車警察，和幾個便衣和穿制服的警察停在路上。一名男子就站在警車和警察的包圍當中。一位穿皮夾克的巡警把他的手臂彎到背後挾持著他。

那名男子瘦瘦的，看起來比馬丁・貝克略矮一些。他有一隻大鼻子、一對灰藍色的眼睛，褐色頭髮往後梳，而且頭頂微禿。他穿著棕色長褲、白襯衫，沒打領帶，還套著一件深棕色夾克。等到馬丁・貝克和柯柏走近時，他說：

「這是怎麼回事？」

「你叫什麼名字？」馬丁・貝克問。

「費里斯塔特。威廉・費里斯塔特。」

「你可以證明嗎？」

「不能。我的駕照放在另一件外套的口袋。」

「過去這兩個星期你都在哪裡？」

「哪裡也沒去。我是說，都在家裡，在波德路。我生病了。」

「自己獨自在家嗎？」

問話的是柯柏。他語帶諷刺。

「是的。」男子回答。

「你姓法蘭森，對不對？」馬丁．貝克和氣地問。

「不對，是費里斯塔特。他一定得把我的手臂挾這麼緊嗎？很痛啊。」

馬丁．貝克對穿皮夾克的警察點點頭。

「可以了。把人帶進車內。」

他和柯柏移到一旁。馬丁．貝克說：

「你認為如何？是我們要找的人嗎？」

柯柏搔搔頭。

「不知道，看起來似乎正派又普通。可是長相又符合，但沒有身分證明。我不知道。」

馬丁．貝克走向車子，打開後座車門。

「你在獵苑島這裡做什麼？」

「沒什麼，只是來散散步。這是怎麼回事？」

「你沒有辦法證明你的身分嗎？」

「很不幸，沒辦法。」

「你住在哪裡？」

「波德路。你問我這些做什麼？」

「你星期二做了什麼事？」

「前天嗎？我待在家裡，我生病了。今天是我這兩星期以來第一次出門。」

「誰能證明？」馬丁・貝克問。「你生病的時候，有沒有人和你在一起？」

「沒有，我都自己一個人。」

馬丁・貝克叩叩車頂，望著柯柏。柯柏打開另一邊車門，身子探進車裡說：

「能不能請問，半個鐘頭前，你在葛隆鐸飯店那邊時，嘴裡在講些什麼？」

「你說什麼？」

「今天稍早，你站在葛隆鐸飯店下面講了一些話。」

「噢！」男子說。「噢，那個啊。」

他露出微笑說：

吾是一棵年少枯萎的病萊姆樹。

風拂冠頂，吾撒枯葉迎之。

「你是說這個嗎？」

穿皮夾克的警察瞠目結舌地看著男子。

「傅羅丁。*」柯柏說。

「是的。」男子說。「我們偉大的詩人傅羅丁。他過世時住的正是葛隆鐸飯店，年紀還不算大，腦子就壞了。」

「你的職業是什麼？」馬丁・貝克問。

「我是個屠夫。」男子回答。

馬丁・貝克挺直身子，越過車頂望著柯柏。柯柏聳聳肩。馬丁・貝克點起一根菸，深吸一口，然後他彎下身看著男子。

「好吧，」他說，「我們重頭來。你叫什麼名字？」

陽光直射車頂。後座的男子抹抹眉稍說：

「威廉・費里斯塔特。」

* 傅羅丁（Gustaf Fröding, 1860—1911）瑞典詩人，因為酗酒及精神問題，人生後半多在療養院內度過。

30.

有人可能會把馬丁・貝克誤認為鄉巴佬，把柯柏錯看成性變態殺人魔；若是給隆恩裝一撇假鬍子，有人會相信他就是聖誕老人；而一個腦袋不清楚的證人，則可能說剛瓦德・拉森是中國人。如果經過一番打扮，副署長無疑能變成工人，而署長變成一棵樹。有人或許可以說服別人相信內政部長是一名警察。某些人有辦法像二次大戰時的日本人、或某些熱中此道的攝影師，把自己喬裝成樹叢，不被人發現。如果真要欺瞞，天下幾乎可說無術不有。

但是，這世界上沒有任何變身術，能讓人錯認克里斯森和卡凡特。

克里斯森和卡凡特都戴警帽，都穿有鍍金鈕釦的皮夾克。他們的腰帶和斜跨胸膛的胸帶扣在一起，兩人都帶著手槍和警棍。他們之所以這麼穿著，是因為只要氣溫一低於華氏七十度，他們就會發冷。

他們倆都是從遙遠南方的斯堪尼省來的。

兩人都是六呎二吋高，藍眼睛；兩人都有寬闊的肩膀和淺色頭髮，體重都在一八〇磅左右。

他們開著一輛有白色擋泥板的普里茅資車。車上配備了探照燈和無線電，車頂有一盞會旋轉的橘紅色警示燈和兩盞紅燈。此外，「警察」兩個大字還用白漆寫在四個地方：兩扇車門上、車頂和車尾。

克里斯森和卡凡特是巡邏警察。

在加入警界之前，他們都是駐紮在西達特的南斯堪尼省步兵團的普通士官。

兩人都已婚，也都各有兩個孩子

他們已經共事非常久了，沒有任何一對共乘一輛巡邏車的警察比他們倆更了解對方。他們同時請調，而且，除了彼此之外，跟其他人完全處不來。

即便如此，他們也不是真的全然相像，而且也會常常鬧脾氣。克里斯森的個性溫和，長於斡旋安撫；卡凡特的脾氣暴躁，而且粗野蠻橫。克里斯森從來不提自己的太太，卡凡特則是除了他的太太之外什麼都不提。克里斯森如今已經對卡凡特太太無所不知，不只是她說過什麼或做過什麼，甚至包括她身體和舉止的最私密細節。

他們被認為是一對完美的搭檔。

他們抓過許多小偷和上千名醉漢，也調解過數百件公寓吵鬧事件；事實上，有幾次紛爭還是卡凡特本人引發的——他的看法是，大家只要突然看到兩名警察進入自家屋內，總免不了會騷動不安，所以就算他造成紛爭也沒什麼大不了的。

他們從來沒有立過什麼大功，名字也從來沒上過報紙。在馬爾摩市任職時，有一次，他們載一名酒醉的記者去醫院急診——該記者在六個月後遭人謀殺——當時他割傷了自己的手腕。那是他們最接近成名的一次。

巡邏車是他們倆的第二個家，車裡有一股他們載送過的每個醉漢留下的淡淡酒氣，還有一種難以形容的氣氛——一種陳腐的親密感。

有些人認為，他們會黏在一塊兒，是因為兩人都有一口斯堪尼省的地方口音。對這方言的發音和特質缺乏了解的人若試圖模仿他們的腔調，他們倆就會覺得不爽。

克里斯森和卡凡特甚至不能算是斯德哥爾摩的警察。他們是蘇納區的巡警，那是市區外的轄區，而且除了在報上讀到和廣播中聽到的消息外，他們對那幾樁公園凶殺案也所知不多。

六月二十二日星期四，剛過兩點半沒多久，他們正好巡邏到卡爾堡的軍校前，再過二十分鐘就要換班。

負責駕駛的克里斯森，剛剛才在舊遊行場那裡轉向，此時正沿著卡爾堡湖濱大道西行。

「停一下。」卡凡特說。

「幹嘛？」

「我要瞧瞧那艘船。」

過了一會兒，克里斯森打了個呵欠說：

「瞧夠了沒？」

「夠了。」

他們慢慢駛離。

「公園殺手已經抓到了，」克里斯森說，「他們在獵苑島逮到人。」

「我聽說了。」卡凡特說。

「幸好我們的孩子都在斯堪尼省。」

「是啊。很有趣，你知道……」

他停頓下來。克里斯森沒講什麼。

「很有趣喔，」卡凡特繼續說，「我跟席芙結婚之前老是在追女孩子，一個接一個地停不了手，就是大家說的血氣方剛嘛。事實上，我是他媽的好色之徒。」

「是啊，我還記得。」克里斯森說著說著打了個呵欠。

「可是現在——怎麼說呢，現在我覺得自己好像一匹被放出去吃草的老馬。一爬上床就睡得跟死人一樣，早上醒來滿腦子想的只有玉米片跟牛奶。」

他做了一個簡短而似有意涵的停頓，然後補上一句：

「一定是老了。」

克里斯森和卡凡特才剛滿三十歲。

「是啊。」克里斯森說。

他開過卡爾堡大橋，此地距離市界才二十碼。要不是聽說公園殺手已經在獵苑島被捕了，他本來可能會右轉上艾可蘭德街，去瞧瞧新公寓蓋好之後的樹林變成什麼樣子。但現在已經沒有理由去那裡了，更何況，要是能避免，他寧可不要在同一天裡看見國立警察學院兩次。因此他繼續往西行，沿著水邊的彎曲道路開下去。

他們開過托陸登街。這時，卡凡特嫌惡地看著在咖啡屋外面和停車場附近閒晃的青少年。

「我們應該停一下，去瞧瞧那些傢伙他媽的在搞什麼把戲。」

「讓交通警察去頭痛吧，」克里斯森說，「我們得在十五分鐘內回局裡報到。」

他們坐在那裡沉默了一會兒。

「幸好他們已經抓到那個性變態。」克里斯森說。

「你這話我已經聽了二十遍了，能不能換個新鮮話題？」

「抓到那個傢伙不容易啊。」

「席芙今天早上脾氣臭得很。」卡凡特說。「我有沒有跟你說過，她以為她左乳上有個腫塊？就是她以為是癌症的那個？」

「有，你說過。」

「哦。唉啊，總之，我想，既然她為了那個腫塊嘮嘮叨叨那麼久，乾脆我自己好好幫她摸摸看。鬧鐘響的時候，她還睡得像條死魚。當然，我都比她早起。所以我就……」

「對，你已經跟我說過了。」

他們已經開到卡爾堡湖濱大道的盡頭，克里斯森沒有轉上河岸的村城大道——那是回警察局最短的一條路——反而直直前行，沿著胡瓦斯塔路繼續前進，那是一條現在已經很少人會使用的道路。

事後很多人問他，為什麼他當時會選擇開上那條特別的道路，但他答不出個所以然。他就是這麼開過去，如此而已。總之，卡凡特當時也沒有特別的反應。他當巡警已經太久了，懶得問一些無謂的問題。他只是自顧自地沉思道：

「想不通，我實在想不通她是哪條筋不對勁；我是說席芙。」

他們駛過胡瓦斯塔城堡。

那個東西叫城堡？真是不夠格，這大概是克里斯森心裡第五百次這麼想了。斯堪尼省老家的那些才是真正的城堡。裡面還住了伯爵、男爵之類的人物哩。他大聲地說：

「你能不能借我二十克朗？」

卡凡特點點頭。克里斯森老是缺錢。

他們緩緩往前開，右邊是一片新住宅區，建了許多公寓高樓，左邊是介於道路和烏桑達湖之間一片狹窄、但樹叢密集的土地。

「停一下。」卡凡特說。

「幹嘛？」

「大自然的呼喚。」

「我們都快到了。」

「憋不住了嘛。」

克里斯森往左轉，把車子緩緩滑進一片空曠的草地，停下引擎。卡凡特下車繞到車子後面，走向一片矮樹叢，大剌剌地岔開雙腿，邊拉下褲子拉鍊邊吹口哨。他往樹叢裡張望，撇頭看見一個男子就站在不過五或六碼遠的地方，顯然在幹的差事和他一樣。

「抱歉。」卡凡特說道，禮貌地把頭轉開。

他把衣褲整理好，往車子的方向走回去。克里斯森已經打開車門，坐在那裡往外看。

就在離車子還有兩碼遠的時候，卡凡特突然停住腳步說：

「可是那個男的看起來像……而且後面還坐著……」

與此同時，克里斯森也正好開口：

「我說哪，那邊那個傢伙……」

卡凡特把身子一轉，往樹叢旁那個男子走去。

克里斯森也起身踏出車外。

那個男子穿著一件灰褐色燈芯絨布的夾克、邋遢的白襯衫、皺巴巴的棕色長褲和黑色皮鞋。他中等身高，有一隻大鼻子，稀薄的頭髮直直往後梳，當時尚未動手整理衣褲。

當卡凡特走到離他才兩碼遠的地方時，男子舉起右臂遮著臉說：

「別打我！」

卡凡特愣了一下。

「什麼？」他說。

那天早上，他太太才說他是個笨手笨腳的老粗，還說無論誰都能一眼看出來。可是，不管怎麼說，眼前這人的反應也太過火了。他強忍住脾氣說：

「你在這裡做什麼？」

「沒做啥。」男子說。

他露出一個羞赧怪異的微笑。卡凡特看看他的穿著。

「你有沒有身分證明？」

「有，我的退休證在褲子口袋裡。」

克里斯森也走了過來。男子看著他說：

「不要打我。」

「你的名字是不是叫英古蒙．法蘭森？」克里斯森問。

「是。」男子回答。

「我想你最好跟我們走。」卡凡特說著，往他的手臂一抓。

男子心甘情願地任人把他拉到車子那裡。

「進後座。」克里斯森說。

「而且把褲子拉鍊拉上。」卡凡特命令。

男子遲疑了一下，然後微微笑著服從。卡凡特也進了後座，坐在他旁邊。

「退休證拿出來給我們看看。」卡凡特說。

男子把手伸進長褲後口袋，抽出他的退休證。

卡凡特看了一眼後，把它傳給克里斯森。

「好像完全正確。」克里斯森說。

卡凡特不可置信地看著男子說：

「沒錯，就是他。」

克里斯森繞到車子另一邊，打開另一側的車門，開始搜索男子的夾克口袋。

此時，距離一拉近，他才看出男子的雙頰凹陷，下巴長滿灰色鬍髭，想必好幾天沒刮了。

「這兒。」克里斯森從夾克內口袋拉出一樣東西。

那是一件小女孩的淺藍色內褲。

「嗯，這下逃不掉了，對吧？」卡凡特說。「你殺了三個小女孩，是不是，哼？」

「是。」男子說。

他微微笑，搖搖頭。

「我必須殺了她們。」他說。

克里斯森此時仍站在車子外。

「你是怎麼騙她們跟你走的？」他問。

「哦，我對小孩子很有一套，小孩子都很喜歡我。我拿東西給她們看，花啊什麼之類的。」

克里斯森沉思了一會兒。然後說：

「你昨天晚上睡在哪兒？」

「北邊的墳場。」男子說。

「你一直都在那裡過夜嗎？」卡凡特問。

「不是，也會在其他墳場過夜。我不太記得了。」

「白天，」克里斯森說，「你白天都去哪裡？」

「哦，到處走。常常去教堂，教堂很美，很安靜，很安詳，我可以在裡面坐上好幾個鐘頭……」

「可是你他媽的就是不回家，是不是啊你，哼？」卡凡特說。

「我回去過一次。我鞋子上黏了東西，而且……」

「而且怎樣？」

「我得把鞋子換掉，改穿舊運動鞋。然後，當然，我買了新鞋。非常貴，實在貴得離譜，不瞞你們說。」

克里斯森和卡凡特瞪著他。

「然後我還拿了我的夾克。」

「這樣嗎？」克里斯森說。

「晚上睡外面真的滿冷的。」男子像是在閒話家常。

他們聽到一陣急促的腳步聲。一個穿著藍色罩衫和木底鞋的年輕女人跑來，她一看見巡邏車，乍然停住腳步。

「哦，」她喘著氣說，「我想你們大概沒有……我的小女兒……我找不到她……我才轉身沒幾分鐘，她就不見了。你們有看見她吧，有嗎？她穿著紅色洋裝……」

卡凡特搖下窗戶正想講什麼。但他念頭一轉，有禮貌地改口說：

「是的，女士，她就坐在那邊的樹叢後面玩洋娃娃。孩子沒事，我幾分鐘前才看見她。」

克里斯森直覺地把那件淺藍色內褲藏在身後，試圖對女人露出微笑，結果卻是十分難看。

「別擔心。」他軟弱無力地說。

女人跑向樹叢，沒多久，他們就聽見一個小女孩清脆的聲音說：

「哈囉，媽咪！」

英古蒙・法蘭森的臉整個垮下來，眼神開始變得呆滯，愣愣地直視前方。

卡凡特緊緊擒住他的臂膀說：

「我們走吧，克勒。」

克里斯森用力關上車門，坐進駕駛座發動引擎。他一邊倒車回到路上，一邊說：

「我很好奇……」

「好奇什麼？」卡凡特問。

「他們在獵苑島逮到的那個人又是誰？」

「媽的，說的也是。我也好奇……」卡凡特說。

「拜託不要抓得那麼緊，」一名叫英古蒙·法蘭森的男子說，「你弄痛我了。」

「閉嘴。」卡凡特說。

•

馬丁·貝克還站在獵苑島的畢斯克薩登街，距離胡瓦斯塔路大約五哩遠。他幾乎不動地站著，一手握著下巴看著柯柏。柯柏滿臉通紅，全身汗濕。一個戴白鋼盔、背上背著行動式對講機的摩托車警察才剛剛跟他們行禮疾馳而去。

兩分鐘前，米蘭德和隆恩才載那個自稱姓費里斯塔特的男子回到他位在波德路的住處，讓他有機會提出身分證明。但這不過是個形式而已。不管是馬丁·貝克或柯柏，都沒懷疑自己可能抓錯人。

周邊只剩一輛巡邏車。柯柏站在打開的駕駛座旁，馬丁．貝克站在離他數碼遠的地方。

「有消息了，」巡邏車裡的人員說，「無線電有消息傳來。」

「什麼？」柯柏沒好氣地問。

警員仔細聆聽。

「蘇納區的一輛無線電巡邏車。」

「怎樣？」

「他們抓到他了。」

「法蘭森？」

「是的，他在他們的警車裡。」

馬丁．貝克走過來。柯柏彎下身以便聽得更清楚。

「他們說什麼？」馬丁．貝克問。

「毫無疑問，」巡邏車裡的人員說，「已經證明了身分，他甚至全都招認了。而且他口袋裡還有一件小女孩的淺藍色內褲。在作案現場當場被捕。」

「什麼！」柯柏驚呼。「當場被捕？他有……」

「沒有，他們及時趕到，小女孩平安無事。」

馬丁・貝克的額頭往車頂邊緣一靠。鐵皮酷熱，滿是塵埃。

「老天，萊納，」他說，「終於結束了。」

「是啊，」柯柏回答，「就這一次而言。」

馬丁・貝克 刑事檔案 03

陽台上的男子

Mannen på balkongen

作者	麥伊・荷瓦兒 Maj Sjöwall 及 培爾・法勒 Per Wahlöö
譯者	許瓊瑩
社長	陳蕙慧
副總編輯	林家任
行銷	傅士玲、尹子麟、洪啟軒、姚立儷
封面設計	井十二設計研究室
地圖繪製	Emily Chan
排版	宸遠彩藝
印刷	通南彩色印刷股份有限公司
讀書共和國出版集團社長	郭重興
發行人兼出版總監	曾大福
出版	木馬文化事業股份有限公司
發行	遠足文化事業股份有限公司
地址	231 新北市新店區民權路 108-2 號 9 樓
電話	(02)2218-1417
傳真	(02)2218-0727
客服專線	0800-221-029
Email	service@bookrep.com.tw
法律顧問	華洋國際專利商標事務所　蘇文生律師
出版日期	2020 年 1 月　初版一刷
定價	340 元

國家圖書館出版品預行編目

陽台上的男子 / 麥伊 . 荷瓦兒 (Maj Sjöwall), 培爾 . 法勒 (Per Wahlöö) 合著 ; 許瓊瑩譯 . -- 初版 . -- 新北市 : 木馬文化出版 : 遠足文化發行 , 2020.01

328 面 ; 14.8X 21 公分 . -- (馬丁 . 貝克刑事檔案 ; 3)

譯自 : Mannen på balkonge

ISBN 978-986-359-745-2(平裝)

881.357　　108018258